내 삶에 들어온 권정생

이 도서의 국립중앙도서관 출판시도서목록(CIP)은 e-CIP홈페이지(http://www.nl.go.kr/ecip)에서 이용하실 수 있습니다.

내 삶에 들어온 권정생

동화로 만나는 삶 속의 인문학

2012년 5월 15일 초판 1쇄 펴냄
2014년 4월 1일 초판 4쇄 펴냄

© 똘배어린이문학회, 2012

지은이 | 똘배어린이문학회
펴낸이 | 김준연
펴낸곳 | 도서출판 단비
편집 | 신수진
등록 | 2003년 3월 24일(제2012-000149호)
주소 | 경기도 고양시 일산서구 일중로 30 505동 404호(일산동, 산들마을)
전화 | 02-322-0268
팩스 | 02-322-0271
전자우편 | rainwelcome@hanmail.net
ISBN 978-89-967987-0-5 03810

본문 사진 | 맹보명, 김미자
본문 인물그림 | 김미자

똘배어린이문학회 지음

내 삶에 들어온 권정생

동화로 만나는 삶 속의 인문학

단비
danbi

'똘배'가 보고 온 권정생

똘배어린이문학회 회원 다섯 명이 드디어 세상에 책을 내놓게 되었습니다. 부족한 글을 읽어 줄 독자들 앞에 쑥스러운 마음 없지 않지만, 지금은 스스로를 대견하게 여기는 마음을 조금 더 누리렵니다.

'똘배'가 만들어진 것은 올해로 6년이 되었지만 회원들은 모두 10년 이상 20년 가까이 동화를 읽어 온 사람들입니다. 아이들을 위해서 시작했지만 지금은 자신을 위해서 읽고 있습니다. 해마다 달마다 쏟아져 나오는 새로운 작품들을 읽기도 바쁘지만 권정생 동화만은 읽고 또 읽기를 반복했습니다.

처음에는 권정생 동화를 읽는 것만으로도 마음이 벅찼습니다. 그러다 글을 쓰기 시작했습니다. 생각보다 어려웠습니다. 그러나 우리는 멈추지 않았습니다. 이 책에 실린 글 중에 단번에 써 내려간 건 하나도 없습니다 어떤 글은 5, 6년 전 처음 썼던 것을 수없이 읽어 보고 다듬은 것입니다. 우리가 멈추지 않고 꾸준히 글과 마음을 함께 다듬을 수 있었던 것은 '똘배'라는 이름으로 함께했기에 가능한 일이었습니다.

부끄러움을 무릅쓰고 책을 펴내려는 데는 바라는 것이 있어서입니다. 하나는, 사람들이 권정생 동화를 많이 읽으면 좋겠습니다. 권정생 동화를 읽고 우리처럼 저마다 가슴에 품은 이야기들을 많이 풀어내면 좋겠습니다. 거기서 나아가 하나 더 바란다면, 글쓰기를 하는 것입니다. 이 책에 실은 글들은 '우리 이야기'에서 출발합니다. 어떤 성과를 내자고 쓴 글이 아니라 자기 삶을 돌아본 내면의 이야기를 쓰고자 했기 때문입니다. 용기를 내면 이런 글은 누구나 쓸 수 있습니다.

권정생 동화를 읽는 세월 속에서 권정생 선생님은 세상을 떠나시고, 부모님들도 한 분 두 분 우리 곁을 떠나가셨습니다. 우리는 몸이 아프고, 더러 마음을 다치기도 했습니다. 그래서 우리는 더 권정생을 읽었습니다. 읽을 때마다 다시 만나지는 것들, 다시 깨달아지는 것들을 놓치고 싶지 않아 글을 썼습니다. 우리의 책을 시작으로 앞으로 더 많은 사람들이 권정생을 읽고 거기서 받은 위로와 힘을 서로 나누기를 소망합니다.

2012년 5월 권정생 5주기에
똘배어린이문학회

차례

3. 권정생 문학기행

1

권정생을
만나다

★
다행이다

김미자

　도대체 집 안 구석에 책이라고는 없었다. 시집오기 전 내 친정집에는 읽을 책이 없었다. 학교 다니는 아이들이 보는 교과서, 거실 붙박이 책꽂이에 아버지가 버리지 않고 몇 년을 모아 놓은 누렇고 두꺼운 전화번호부가 우리 집 유일한 책이었다.

　중고등학교 시절 친구들 집을 다니며 우리 집과는 다른 책들이 책꽂이에 꽂혀 있는 것을 눈여겨보았나 보다. 특히 언니 오빠가 있는 집에는 분명히 뭔가 특별해 보이는 책들이 있었다. 대학엘 가자마자 나는 어떻게라도 책을 "읽어야겠다"보다는 "꽂아 놓고 싶다"는 생각이 앞섰다. 청계천 헌책방을 돌며 민주주의, 자본주의, 해방…… 같은 제목을 달고 있는 책들을 제목만 보고 박스로 사 책꽂이에 꽂아 놓았다. 내 방에 누워 그것들을 바라보며 얼마나 뿌듯했던지. 그 다음으로 그 책을 하나씩 꺼내 읽으려 노력했으나 이루지 못했다. 나는 훌륭한 책은 원래 그런가 보다 생각하고 시집올 때 그 책들을 보물처럼 싸 가지고 왔다.

시집을 오니 좋았다. 좁고 어두운 친정집 분위기와는 달리 내 맘대로 전깃불을 환하게 켜 놓고 살았다. 책을 읽다가 불을 켠 채 잠이 들어도 아무도 나한테 잔소리를 하지 않았다. 아이 키우는 다른 엄마들처럼 그림책을 사서 우리 아이들에게 읽어 주기 시작했다. 그러는 중에 어린이도서연구회 회원이 되어 열심히 일했다. 어린이도서연구회에서 만나는 사람들, 어린이책을 중심에 놓고 활동하는 일들 하나하나가 모두 신선하고 재미있었다. 어린이책이 쉬워서 읽었고 재미나서 읽었다. 친정에서 싸 가지고 온 특별한 책은 여전히 한 쪽도 읽지 못하고 쩔쩔 매는 내가 동화책은 한번 손에 잡으면 홀라당 읽어 냈다.

한편, 동화를 읽으며 어쩔 수 없이 만나지는 나의 어린 시절 앞에서 나는 많이 당황했다. 친정집을 떠나면서 꾹 누르고 덮어 두려 했던 것들이었다. 아이를 업고 재우기 위해 골목길에서 자장가를 부르다가, 무릎을 꿇고 걸레질을 하다가 멍하니 앉아 있는 나 자신을 보며 당황했던 것과 같은 종류의 먹먹함이 동화 속에 있었다. 좁고 어둡고 무서운 엄마 얼굴로 떠오르는 친정, 그곳을 떠나면서 그리워할 리 없다 생각했는데 나는 그리워하고 있었다. 그렇다고 친정집으로 달려가거나 살갑지 않던 친정 엄마와의 관계를 바꿔 놓을 일은 일어나지 않았다. 대신 말로 풀 수 없는 속마음, 당혹감 같은 것들을 글로 쓰기 시작했다. 권정생, 임길택, 이원수의 동화 속에서 부모 못 만나 고생하는 주인공들의 다양한 운명을 만나면서 나는 나와 불쌍한 친정 언니들의 이야기를 하고 싶어졌다. 그렇게 10년을 넘게 동화를 핑계 삼아 내 속에 있는 것들을 실컷 풀어냈다. 그러면서 책을 읽고 글을 쓰는 일이 어느덧 습관이 되었다고 할 수 있겠다.

습관처럼 하던 일을 그만둘 수가 없어서 어린이도서연구회에 이어 똘배어린이문학회 모임을 만들었다. 내게 이야기를 걸어 온 동화 읽기와 글쓰기에 대한 고마움을 저버릴 수 없었고, 또 아직도 내 속에는 쉽고 깨끗한 글쓰기로 풀어내고 싶은 것들이 남아 있으니까.

우리 아이들이 보기에 나는 저희들이 태어나는 순간부터 지금까지 그림책과 동화책을 읽고 늦은 밤까지 끙끙거리며 글을 쓰는 엄마다. 아이들은 때론 저희들의 간절한 희망을 담아 "엄마가 작가야?" 하고 묻는다. 나는 손사래를 치며 아니라고 한다. 세상에는 작가보다도 더 읽기와 쓰기를 사랑하는 사람이 있다는 걸 아이들은 아직 모를 것이다. (사실은 일주일에 한 번 모이는 똘배 모임에 가져갈 숙제를 하는 것뿐인데.)

이 글을 쓰면서 어쩔 수 없이 지나간 내 삶을 돌아보니 참으로 '다행이다' 싶다. 어린 시절 친구네 집 책꽂이에 있던 특별해 보이던 책, 그것을 흉내 내기 위해 헌책방에서 멋모르고 사 모았던 어려운 책들 대신 그림책과 동화책을 꽂아 놓고 살고 있어 다행이다. 내 책꽂이에 꽂힌 책들 한 권 한 권이 내 안에서 쭈그리고 있던 어린 시절을 다독이며 이야기를 걸어 온 친구들이다. 그동안 동화를 읽으며 몸에 익힌 아이들의 언어와 아이들의 유머, 그리고 아이들의 밝음을 내내 기억하며 살고 싶다.

★
글쓰기라는 소중한 선물

김연희

　내가 7년째 일주일에 두세 번씩 뒷산을 오른다고 하면, 이름난 큰 산도 단숨에 쌩 오르내리겠다며 감탄하는 사람들이 있는데 천만의 말씀이다. 산을 오를 때는 숨이 차 헉헉거리고 내려올 때는 너무 힘이 들어 다리가 꼬이기 일쑤다. 산행하는 나의 모습을 본 사람들은 또 묻는다. 산에 자주 오르는 거 맞아? 맞다. 7년간 산을 오른 내공은 큰 산을 거뜬히 단숨에 오르는 게 아니라, 어떤 산을 다녀오든지 앓는 소리 없이 다음 날을 말짱하게 여는 데 있다.

　내가 똘배어린이문학회와 함께 권정생 동화를 읽기 시작한 지도 어느덧 3년이 되었다. 권정생 동화를 꾸준히 읽고 있으니까, 주변 사람들은 그의 동화에 대해 이제 뭘 좀 알겠다고 말하지만 그것 역시 천만의 말씀이다. 나는 오랜 지기들이 좋아 똘배를 시작한 사람이지 권정생 동화가 좋아 시작한 사람이 아니다. 나는 똘배 회원들과 함께하며 그냥저냥 공부하는 흉내만 낼 뿐 그의 동화를 속속들이 알지 못한다. 그래서 가끔 그의 책 이야기를 쓸 때 무지무지 애를 먹기도 한다. 그래도 똘배가 할 만하냐고? 물론이다. 내가 3년간 똘배를 하며 얻은 내

14

공은 권정생 동화에 대한 일가견이 아니라, 똘배가 할수록 재미나다는 걸 알아차린 데 있다.

나는 권정생의 작품에 푹 빠져 본 적이 거의 없다. 그의 작품 밑바탕에 흐르는 하느님을 이해하기도 어렵고, 그가 말하는 인간주의에 대한 개념도 잘 모르겠고, 무엇보다 슬픈 사람들에 대한 그의 질긴 애정이 부담스럽다. "권정생 동화를 너처럼 볼 수도 있지."라고 말하는 똘배 회원들의 배려와 여유가 없었다면 아마 일찌감치 그만두었을지도 모르겠다. 솔직히 나는 아직도 권정생과 그의 동화를 정말 좋아한다고 말하지 못한다. 그래도 3년이 지난 지금은 꾸준한 글쓰기를 통해 권정생 동화와 많이 가까워졌다. 똘배에서는 그의 동화를 중심으로 글을 줄곧 쓴다. 내가 똘배를 하며 받은 가장 큰 선물이 바로 글쓰기에 눈뜬 것이다.

똘배 회원들이 쓰는 글은 솔직하고 꾸밈이 없다. 나는 처음에 자신을 잘 들여다보고 솔직한 글을 쓰는 것이 힘들었다. 글을 쓴다는 것은 있는 그대로의 나를 들여다보는 용기와 끈기가 필요한 작업이었다. 이제 나는 글과 수다 속에 부끄러운 내 모습을 내어놓기도 하고, 감추고 싶은 가족 이야기도 꺼내 놓는다. 같이 동화를 읽고 수다를 떨고 글을 쓰게 되면서 나를 마주하고 돌아보는 시간이 많아졌다. 나 자신과 소통하는 소중한 시간이었다. 그 시간 동안 어린 시절의 나, 학창 시절의 나와도 만나고, 지금을 살고 있는 나와도 만났다. 이렇게 만나는 내가 어여쁜 나일 때도 있고, 수치심 가득한 나일 때도 있고, 갈등하는 나일 때도 있다. 이것이 좋은 글로 이어지건 그렇지 않건 그것은 하나도 중요하지 않다. 그렇게 나를 들여다보고 그런 나를 어루만지며 사랑할 수 있게 되었으니 그것으로 충분하다. 그래서 같이 동화를 읽고 그것을 글로 표현하도록 이끌어 주는 똘배가 내겐 참 소중한 모임이다.

지난 3년은 동화 속에서 똘배와 함께 '나'를 찾아다닌 시간이었다. 앞으로의 3년간은 동화 속에서 똘배와 같이 이웃과 세상을 찾아보고 싶다. 안으로만 향해 있는 나의 눈을 밖으로도 돌려 보고 싶다. 똘배는 기꺼이 나의 길잡이가 되어 줄 것이다.

★
아버지 생각

김영미

　2002년 아버지가 돌아가시고 난 다음 해 어버이날에 나는 엄마랑 둘이서 강원도 철원까지 드라이브를 다녀왔다. 마침 억수로 비가 많이 온 다음 날이어서, 맑아진 세상을 보고 싶은 마음에 그냥 차를 타고 아무 생각 없이 길을 떠났다. 의정부, 포천을 지나 만세교, 운천, 관인, 동송을 지나자 아버지 생각이 났고, 엄마는 갑자기 말이 많아졌고 난 갑자기 말이 없어졌다. 만세교, 운천, 관인, 전곡……. 우리 식구에게 낯익은 지명이다. 아버지가 군대 생활을 하시던 곳. 우리는 아버지가 보고 싶었다. 한탄강을 지나 관인으로 들어가는 길은 옛날 부대 자리 그대로였는데, 전날 비가 많이 와서인지 강은 온통 흙탕물로 넘실거렸다.

　아버지가 폐암으로 항암 치료를 받으러 다니실 때 택시 타기가 힘들어 큰맘 먹고 차를 샀다. 병원도 병원이지만, 아버지 돌아가시기 전에 가시고 싶은 곳 다 모시고 다니려고 말이다. 부랴부랴 연수도 받고 차도 사고 그랬다. 그게 2002년 5월의 일. 그런데 아버지가 제일 가고 싶으셨던 곳이 어디였을까?

마지막 항암 치료가 끝나고 차에 앉을 기운만 차리셔도 모시고 고향에도 가고, 군대가 있던 전곡, 운천, 금촌, 파주, 문산, 다 다니려 했는데…… 딱 한 번 병원에 모셔다 드리고, 그러고는 놓아가셨다. 아버지 없이 엄마랑 나랑 그 자리를 보고 왔다. 그 자리에서 젊은 날의 우리 아버지도 만났다.

돌아가시기 두 달 전에 항암 치료 부작용으로 열이 내리지 않아 응급실에서 한 달이나 계셨던 아버지. 아버지가 돌아가시고 엄마는 아버지 이야기하는 것으로, 나는 아버지 이야기를 하지 않는 것으로 아버지를 기억하고 있다. 내친김에 돌아오는 현충일에는 엄마랑 아버지 계신 대전 현충원 국립묘지에 갔다가 아버지 고향까지 다녀올 마음을 먹는다. 이렇게라도 아버지를 기억하고 싶고, 아직도 자유롭게 아버지 이야기를 하지 못하는 내 마음을 풀어내고 싶은 것이다. 그래도 한 군데가 남았다.

아버지는 9년 동안 해마다 병원에 입원하고 퇴원하는 일을 반복하시면서 폐암으로 돌아가셨다. 사실은 갑자기 쓰러지신 까닭도, 끝내 돌아가신 까닭도 다 고엽제 때문이었다. 여섯 살, 세 살, 두 살의 어린 딸들을 서른도 안 된 엄마에게 맡겨 두고 아버지는 어째 전쟁터 월남에 가셨을까? 다 돌아가신 다음에 드는 생각이다.

2003년 토요일마다 이라크 전쟁에 반대하는 반전 집회에 나가면서 내가 왜 그곳에 나가는지 스스로에게 물어보았다. 10년 넘게 어린이도서연구회 활동을 하면서 난 어린이문학연구 분과에서 우리 창작 동화를 공부했다. 우리나라 창작 동화를 읽으면서 길이 보이지 않거나 회의가 들 때 우리 모임 사람들은 권정생 동화를 읽었다. 그동안 권정생 동화를 모아 읽은 횟수만도 네다섯 번쯤이고, 더 나아가 우리는 권정생 분과를 만들자고까지 하였다. 일 년 열두 달 권정생 동화를 읽는 분과 모임.

권정생 동화를 함께 읽은 사람들과 열심히 반전 집회에 나갔고 그 밑바닥엔 이제까지 읽은 권정생의 동화가 있다고 생각했다. 우리는 선생님의 《몽실 언니》(창비, 1984) 《점득이네》(창비, 1990) 《초가집이 있던 마을》(분도출판사, 1985) 등등 많은 동화를 읽으면서 6. 25 전쟁을 간접적으로 경험했다. 같은 민족끼리 치른 전쟁이 우리에게 얼마나 많은 상처를 남겼고, 우리가 아직도 그것에서 얼마나 자유롭지 못한지 이야기했다.

결국 나는 '똘배어린이문학회'에서 일 년 열두 달 권정생 동화를 읽고 또 읽게 되었다. 그러나 2010년부터 '똘배' 활동을 접고 대전 근교에 있는 대안학교에서 아이들에게 책 이야기를 하면서 살고 있다. 마흔일곱에 선생이 된 것이다. 오랫동안 어린이 청소년 책을 읽어 왔지만 교육학을 전공한 것도 아이들을 가까이서 본 일도 없는 내가 선생님이 되다니. 그 시작이 얼마나 두려웠는지 서울에서 대전으로 처음 내려오던 날에는 '대전'이라는 이정표만 보고도 대성통곡(?)을 했다.

할까 말까, 아니 할 수 있을까 없을까 두 마음이 왔다 갔다 했다. 그래도 내가 이 일을 결정하게 된 가장 큰 이유는 내가 권정생 동화를 다 읽었다는 사실이다. 권정생 동화를 읽고 권정생 동화 글을 써 왔고 권정생 동화 이야기를 하면서 살아왔다는 사실이 주는 힘이었다. 그리고 나에게는 '똘배' 모임 사람들과 함께 만들어 온 책 이야기가 있었다. 그것이 나의 힘이었다.

권정생 동화에서 말하고 싶은 '평화' '함께하는 삶'을 위해서는 전쟁 아닌 전쟁이 필요하다. 나 자신과의 싸움 말이다. 자신과의 싸움 없이 진정한 평화는 없다. 나는 권정생 동화를 읽고 '똘배' 모임 사람들과 함께 자신을 지키기 위한 자신과의 싸움이 어떤 것인지 배웠다. 그들의 삶이 바로 나의 거울이었다. 나는 지금 잘 싸우고 있는지? 나는 지금 여전히 대전에 있고, 똘배어린이문학회 사람들이 그립다.

★
슬픔과 만나려고 권정생을 읽는다

윤경희

　80년대를 별 생각 없이 살랑살랑 봄바람에 실려 놀면서 청춘을 보냈던 내가 좋은 엄마가 되고 싶어서 친구 따라 간 곳이 '어린이도서연구회'라는 시민단체다. 시민의식이 뭔지도 모르면서 시민단체 회원으로 10년을 지냈다. 어색해하면서 거리시위도 따라 나가고, 어떤 동화가 좋은 동화인지 공부하고 토론하면서 아이들에게 열심히 동화책을 읽어 주었다. 이제 동화를 읽고 자란 내 아이들은 청춘이 되었고 나는 중년의 나이를 넘겼고 내 아이들은 미국 드라마를 보고 있고 나는 여전히 동화를 읽고 있다.

　아이들이 컸으니까 동화를 그만 읽을까 생각하면서 어린이도서연구회를 떠났다. 그런데 또 친구를 따라 똘배어린이문학회를 만났다. 똘배어린이문학회는 동화 중에서도 권정생 동화 읽기를 가장 귀한 일로 여기는 사람들의 모임이다. 좋은 사람들이 모인다니까 친구 따라 강남 간 것이지 권정생을 사랑하는 사람들의 모임인 줄 알았다면 끼지 않았을지도 모른다. '권정생'을 알면 살랑살랑 살 수가 없을 테니까. 그런데 지금 내가 좋아하는 동화의 중심에 권정생 동화가 있다. 아이들 기를 때 읽었던 동화가 숙제였다면 지금 읽는 동화는 놀이다. 그때는 '엄마'로서 읽었지만 지금은 '나'로서 읽으니까 이제야 동화가 제대로 좋다. 동화를 나의 것으로 만들어 준 것이 권정생 동화다.

　대부분의 사람들처럼 나도 그림책 《강아지똥》(길벗어린이, 1996)을 먼저 알았다. 하지만 나는 동화 〈강아지똥〉을 더 좋아한다. 동화 〈강아지똥〉은 《오물덩이처럼 딩굴면서》(이철지 엮음, 종로서적, 1986)에서 처음 읽었다. 《오물덩이처럼 딩굴면서》에는 권정생의 동화와 시, 평론과 함께 권정생의 삶을 생생하게 만날 수 있는 수기와 편지글 등이 실려 있다. 그중에서 권정생의 수기 〈오물덩이처럼 딩굴면서〉를 읽으면서 나는 너무도 외롭고 슬픈 이십여 년을 살아온 청년 권정생이 흘린 눈물에 푹 절여졌다. 그리고 이어서 읽은 〈강아지똥〉에서 가슴에 별의 씨앗을 심는 권정생을 보았다. "내가 거름이 되어 별처럼 고운 꽃이 피어난다면, 온몸을 녹여 네 살이 될게"라는 강아지똥의 말이 가슴에 박혔다. 이 여린 사람은 왜 이렇게 간절한 것인가? 오물덩이 같은 삶 속에서도 별이 되려 하는 맑은 영혼은 어디에서 온 것인가? 하는 물음이 눈물이 되어 흘렀다. 훌륭한 권정생이 아니고 간절한 권정생에 대해 알고 싶어졌다.

　전쟁으로 고아가 되고 절름발이가 되고 동생들의 엄마가 되어서 살아가는 불쌍한 몽실이(《몽실 언니》, 창비, 1984) 이야기는 너무 재미있었고, 《우리들의 하느님》(녹색평론사, 1996)에서는 세상일의 참과 거짓 그리고 사실과 진실을 꿰뚫어 보는 권정생의 깊은 지성에 놀랐다. 《우리들의 하느님》은 세상 보는 내 눈을 한꺼풀 벗겨 주었다. 가마 속 뜨거운 불길을 견뎌 내고 세상에 나와 귀하게 쓰이는 단단한 사발같이 유용하고 고마웠다. 그래도 여기까지는 머리로 만난 권정생이다.

권정생을 진짜 가슴으로 만난 것은 〈달맞이산 너머로 날아간 고등어〉《달맞이산 너머로 날아간 고등어》, 햇빛출판사, 1985)에서다. 내 머리는 텅 비어졌고 가슴은 무언가로 가득 차올랐다. 좋고 나쁘고, 재미가 있고 없고를 따질 수 없었다. 그냥 그 이야기 속에 내가 있고 내 아버지가 있었다.

많은 딸들이 자기 아버지를 싫다고 하면서도 아버지랑 닮은 사람과 결혼한다고 한다. 딸들에게 어머니가 고향이라면 아버지는 꿈꾸는 미래가 아닐까. 그런데 나는 사춘기 전에 아버지를 잃었다. 그 빈자리를 채울 수는 없었지만 들키지는 않으려고 친구들에게 거짓말도 하고 잘난 체도 많이 했다. 그러면서 오랜 시간 동안 나의 슬픔과 솔직하게 만나지 못했다. 그런데 〈달맞이산 너머로 날아간 고등어〉에서 비로소 아버지를 만났다. 그리고 울었다. 30년 넘게 외면했던 그리운 아버지와 가여운 나를 붙들고 제대로 울었다.

이렇게 15년 동안 천천히 권정생 동화를 읽고 친구들과 얘기하고 글로 쓰면서 가슴 저 밑바닥에 눌러 놓고 외면해 왔던 내 이야기를 꺼내고 있다. 권정생 동화 속 슬픈 이야기가 내 이야기와 딱 만날 때 내 삶을 스스로에게 고백한다. 사실 내가 사는 모습은 권정생 정신에 비춰 보면 부끄럽기만 하다. 승용차를 버리지도 못하고 도시를 떠나지도 못하고 여전히 대형 마트에서 장을 본다. 그러면서도 권정생 동화를 읽고 또 읽는다. 권정생 동화 속에서 만나는 사람들이 못난 나를 다독여 주기 때문이다.

　권정생은 가장 슬픈 것이 가장 아름다운 것이라고 했다. 권정생은 가장 밑바닥을 경험하지 않은 사람은 강해질 수 없다고 했다. 우리가 전쟁을 겪고 가족을 잃고 병을 얻지 않은 것은 다행이다. 하지만 우리는 들어야 한다. 슬픈 사람의 이야기를 들어야 하고 자신의 슬픈 이야기를 해야 한다. 나는 권정생 동화를 읽으면서 슬픈 것을 피하지 않는 강한 사람이 되어 가는 것이 고맙다.

★

동화로 인문학을 만나다

이기영

    동화를 읽기 시작한 지 그럭저럭 20년이 되어 간다. '아이를 위해서' 읽기 시작했는데 뒤늦게 만난 동화의 세계가 놀랍고 재미있어 아이는 뒷전이고 나 혼자 동화 읽기에 쏙 빠져 버렸다. 동화 속에서 많은 인물을 만났지만 그중에 나는 '그러게 언니'를 좋아한다. 《나의 린드그렌 선생님》(유은실, 창비, 2005)에 나오는 '그러게 언니'는 비읍이가 얘기를 할 때 중간에 끼어들지 않는다. 그냥 중간중간 "그러게." "그랬구나." 하고 맞장구를 쳐주기만 한다. 비읍이 속이 시원해질 때까지 이야기를 들어 주는 사람, "그러게." 한 마디로 비읍이 편이 되어 주는 사람, 이래라 저래라 나서지 않고 늘 그 자리에서 지켜봐 주는 사람, '그러게 언니'는 그런 멋있는 사람이다. 사람에 대한 예의가 있고 어떻게 소통해야 하는지를 아는 사람이다. 서른 살이 다 되어 가는 '그러게 언니'는 4학년 비읍이를 처음 만나던 날부터 그렇게 했다.

    나도 '그러게 언니'처럼 되고 싶었다. 잔소리를 하기 전에 아이가 하는 말을 먼저 들어 줘야지 생각했고, 했던 얘기 하고 또 하는 친정 엄마 얘기도 "그러게." 하며 친절하게 들어 줘야지 생각했다. 속으로만 생각하지 않고 입으로 소리를 내며 맞장구를 쳐주니 느낌이 참 달랐다. "그러게." 하고 입 밖으로 소리를 내는 순간 아이가, 친정 엄마가 내게 따뜻한 눈빛을 보낸다. '그러게'는 나와 의견이 같건 다르건 서로 소통할 수 있다는 믿음을 주는 말이었다. 내가 사람들 이야기에 귀를 기울이고 그들의 마음에 한 발 다가설 수 있게 된 건 '그러게 언니' 덕이다. 꼭 그러게 언니뿐이 아니다. 동화는, 그 속에 등장하는 많은 인물들은 알게 모르게 그렇게 내 삶 속으로 들어왔다.

권정생 동화도 그랬다. 권정생 동화는 내게 삶에 대해, 사람에 대해, 세상에 대해 질문하고 답해 준다. 나는 전쟁과 분단의 아픔을 그린 권정생 동화를 읽으면서도 정작 우리 아버지가 이산가족이었고 평생 외로움을 안고 사신 분이라는 건 크게 생각하지 못했다. 아버지는 우리에게 한 번도 그런 내색을 하신 적이 없다. 작년(2011년)에 아버지가 돌아가신 지 10주년이 되던 날이었다. 나는 아버지 젊었을 때 사진을 스캔하여 아버지의 삶을 돌아보는 간단한 동영상을 만들었고 '살아온 이야기'를 적어 식구들이 함께 나누어 읽으며 아버지를 추모했다.

이 일을 생각하고 실천하게 된 건 권정생 동화 덕이다. 해마다 똘배어린이문학회는 권정생 추모제를 한다. 권정생을 사랑하는 사람들이 모여 작품을 읽고 써 온 글을 함께 읽으며 그를 기억하고 추모하는 자리다. 사랑하는 사람을 기억하고 추모하는 글을 쓰는 일이 얼마나 가슴 뭉클하고 아름다운 일인지 그걸 어찌 말로 설명하랴.

고향 황해도를 떠나 가족과 헤어져 영영 이산가족이 되었을 때 아버지 나이가 스물한 살이었다는 걸 나는 작년에 글을 쓰면서 알게 되었다. 무엇보다 '스물한 살'은 지금 내 아이보다 더 어린 나이였다. 그걸 깨닫는 순간 나는 감정이 솟구쳐 올라 걷잡을 수 없게 되었다. 글을 쓰다가 "어머, 스물한 살밖에 안 됐었어? 그때부터란 말이야!" 하고 소리쳤다. 그때부터 아버지는 당신 어머니를 다시는 만나지 못했다. 스물한 살이었다는 나이를 깨닫게 된 사실도 놀라웠지만 스물한 실 청년 아버지가 겪은 아픔이 고스란히 내게 전해져 마음이 더 아팠다. 아버지가 돌아가신 지 10년이 되어서야 이산가족으로 산 아버지의 아픔이 내 가슴에 새겨졌다. 글쓰기로 나는 아버지를 이렇게 다시 만났다. 권정생 동화를 읽고 글을 쓰는 일이 이런 감동으로 이어질지 꿈에도 생각하지 못했던 일이다.

똘배어린이문학회에서 주마다 동화를 읽고 글을 쓰는 일이 쉬운 일은 아니다. 침침해진 눈으로 동화를 읽는 것도 그렇고 꼬박꼬박 글을 쓰는 일은 더더욱 그렇다. 그러나 그것보다 동화를 읽는 어른으로서 사회적 책임이랄까 이런 고민에서 자유로울 수 없기 때문에 더 어렵다. 정치가 거짓되고 사회가 부패하고 세상이 난폭해진 게 아이들 탓인가. 일진회만 소탕하면 학교폭력이 없어지나. 아이들은 폭력 때문에 성적 때문에 죽어 가는데 책임지는 어른은 없고 아이들 탓만 하고 있다. 아이들은 바쁘다. 정권이 바뀌고 교육정책이 바뀌니 동화를 읽던 시간에 시험공부를 해야 한다. 이럴 때 내가 읽는 동화가 무슨 힘이 될까. 궁색하지만 아이들 탓 그만하고 아이들 그만 잡고 그 시간에 동화 읽기를 권한다. 동화 속에 아이들을 살릴 수 있는 길이 있다. 동화

는 아이들이 무엇 때문에 왜 아파하는지 어떻게 살고 싶은지 다 얘기
해 준다.

　아이를 위해서 읽기 시작했는데 아이가 동화를 가까이 하지 않으니
안타까웠다. 아이가 노는 동안 나는 동화로 문학을 만나고 사람을 만
나고 세상을 만나고 인생을 만났다. 그걸 아이가 그대로 받으며 자랐
다. 그거면 됐다. 행복하다면 그걸로 됐다.

2

내 삶에
들어온
권정생

김미자

2011년 서울 고척동에다 그림책 카페를 열었습니다. 오랫동안 어린이책 읽고 글 쓰면서 쌓인 내공을 지역 엄마들과 수다로 나누고 싶어 만든 공간입니다. 커피콩 볶고 갈아서 맛있는 커피 만드는 일도 그림책 읽듯이 재미나게 하고 있습니다. 커피 만드는 일이 어느만큼 능숙해졌으니 슬슬 그림책과 동화를 좋아하는 사람들을 이 공간으로 불러 모으려 합니다. 내 마음속에다 '그림책으로 만나는 인문학'이라는 제목도 만들어 놓았습니다. 여기까지만으로도 내 심장은 쿵쿵거립니다.

– 1964년 강원도 정선 예미에서 태어남
– 어린이도서연구회 편집부, 어린이문학연구분과, 출판문화위원회에서 활동
– 어린이도서연구회 역사편찬위원 지냄
– 현재 서울 고척동에 있는 그림책 카페 '도서관 가는 길' 주인장으로 일하고 있음

★
권정생 선생님을 좋아하는 방법

권정생 선생님을 생각하면 아주 쑥스럽고 선생님께 죄송한 일부터 떠오릅니다. 그러지 말았어야 할 일을 저질렀다는 생각만 납니다. 지금으로부터 10년도 더 거슬러 올라간 시절의 이야기입니다. 그때 몸 담았던 어린이도서연구회에서 동무 몇 명, 그리고 아이들과 함께 영주 부석사를 돌아 안동에 다녀오기로 했습니다. 같은 회에 계시던 최해숙 선생님께서 우리 여행 계획을 알고 전화를 해오셨습니다.

"안동 가는 김에 권정생 선생님 댁에도 들러요. 고등어자반이라도 한 손 사서 지져 선생님께 밥 한 끼 해드리고 와요."

밥 한 끼! 어렵게만 느껴지던 권정생 선생님이 밥 한 끼라는 말로 확 가까워지는 기분이었습니다. 갑자기 용기가 났습니다. 못할 것도 없겠다 싶었습니다. 최 선생님은 자동차가 없는 우리 일행이 교통 불편한 권정생 선생님 댁에 들렀다 올 수 있도록 방법을 알려 주시고 차편도 주선해 주셨습니다.

첫날 우리는 기차를 타고 안동 시내에 내려 여관에서 잠을 잤습니다. 다음 날 새벽에 일어나 선생님께 드릴 고등어자반을 사러 안동 시장을 돌아다녔습니다. 문제는 하룻밤 자고 나니 슬슬 자신이 없어진다는 것이었습니다. 안동 시장 여기저기에 누워 있는 푸릇푸릇한 고등어자반을 보니 왠지 눈앞이 아뜩했습니다.

먼저 선생님께 드릴 사탕 세 봉지를 샀습니다. 그리고 추운 집에서 겨울을 보내는 선생님께는 고등어자반보다는 따듯한 옷이 낫다는 의견을 모았습니다. 우리는 스포츠 의류 매장에서 따스해 보이는 빨간 잠바를 사기로 했습니다. 권 선생님 사이즈가 90일 거다, 95일 거다 하며 서로 입어 보면서 신나게 골랐습니다. 우리를 선생님 댁으로 데려가 주실 분들이 차를 가지고 여관으로 오시는 동안 우리는 아이들에게 편지를 쓰게 했습니다. 그때 6학년이었던 딸아이는 권정생 선생님이 쓰신 책도 읽고 선생님 이야기도 들었지만, 아직 어린 둘째 사내아이는 엄마가 시키는 일에 짜증만 내었습니다. 게다가 선생님께 드리려고 사 놓은 사탕을 먹겠다고 떼를 쓰기까지 했습니다.

드디어 우리 일행은 선생님이 사시는 조탑리로 갔습니다. 우리를 안내해 주신 분은 안동에 사는 분으로 권정생 선생님을 잘 알고 지낸다고 했습니다. 그분은 잠시 우리에게 마당에 서 있으라 하고는 먼저 선생님 방에 들어갔다 나왔습니다. 잠시 뒤 고개를 가로로 흔들며 나오시더니 한마디 하십니다.

"안 만나시겠다고 합니다."

그때 그대로 알아듣고 돌아왔어야 했습니다. 우리는 그냥 선생님 뵙고 인사만 드리면 된다느니, 잠깐 잠바만 드리고 간다느니 하면서 한참 그 앞에 서 있었습니다. 뒤늦게 선생님의 작은 방 문이 열리고, 고개를 우리 쪽으로 하고 앉아 계시던 선생님이 천천히, 작은 걸음으로 걸어오셨습니다.

"이러지 말아요. 내 작품을 읽으면 그걸로 돼요. 날 찾아오지 말아요."

아마 이렇게 말씀하셨던 것 같습니다. 저는 그때 되도 않는 용기를 내었던 것 같습니다. 그 풀 무성한 마당에서, 아이들이 바라보는 앞에서 선생님께 잠바를 펼쳐 보여 드리고 팔도 한쪽 끼워 넣는 행동을 하고 만 것입니다…….

나중에 나중에 나는 최 선생님한테서 조심스런 고백을 들었습니다. 가난한 권정생 선생님의 생활을 보고 불쌍하다 여기는 것, 선물을 드리는 것들을 절제했어야 한다고 하셨습니다. 그리고 작가 박기범과 권정생 선생님이 나눈 이야기가 있는 글을 읽고 목도리 하나도 그냥 하지 않으시는 분인 것을 알았습니다. 모자, 목도리, 잠바……. 우리는 몇 개씩이고 갖고 있는 물건이지만, 선생님은 꼭 필요한 것 하나 말고는 더 가지려 하지 않으셨습니다. 그런 선생님 마음과 삶을 그때 내가 감히 헤집어 놓고 돌아왔던 것입니다. 꼭 직접 만나야 하고, 눈으로 확인해야 하고, 선물을 사서 나누고, 사진을 찍고……. 사람을 좋아하면 그렇게 해도 되는 줄만 알았습니다. 다른 방법을 몰랐더랬습니다. 정말 몰랐더랬습니다…….

★
몽실이 질문

《몽실 언니》, 창비, 1984

내가 《몽실 언니》를 처음 읽었던 때 네 살이던 딸아이가 지금 열다섯 살이다. 중학교 3학년 딸아이를 둔 어미로 이 책을 다시 읽어 보니 일곱 살 아이에서 열네 살 소녀로 커 가는 몽실이가 새롭게 다시 보인다. 일곱 살에서 열네 살은 가정에서 부모의 사랑을 받으며, 학교에 가서는 친구를 만나 관계를 만들어 가는 나이다. 그러나 주인공 몽실이한테는 이 시기에 가정과 학교, 부모와 친구가 다 빠져 있다. 그 자리에 가난과 전쟁만 있다. 그때 일본으로부터 해방이 된 우리나라에는 좌우로 나뉜 사람들의 싸움이 끊이질 않았다. 그러다가 결국에는 서로 무서운 전쟁을 치르고, 나라는 두 동강이 나 버린다. 마치 몽실이가 자기 의지와 상관없이 이 집 저 집으로 옮겨 다니다 다리를 절게 되는 것과 같다. 몽실이는 불행한 나라의 현실 때문에 제대로 아이인 적도, 제대로 소녀인 적도 없이 커 간다. 이렇게 억울할 수가 없다. 그러나 몽실이만 억울하게 살았다고 할 수도 없다. 몽실이는 단지 그때 전쟁을 겪었던 일곱 살에서 열네 살 평범한 여자아이들 중 하나일 뿐인지도 모른다. 그런데도 우리는 몽실이를 잊을 수가 없다. 평범하다면 평범한 몽실이가 왜 이렇게 특별히 기억되는 걸까?

궁금한 것이 생기면 참지 못하고 "왜?" 하는 것이 바로 아이들이다. 아이들은 잘 모르는 일이 눈앞에서 벌어지면 바로 묻는다. 정말 몰라서 물어보는 것이다. 몽실이 역시 어린 시절부터 "왜?"라는 말을 참 많이 하는 아이다.

"엄마 어디 가?"

"인제 가면 안 와?"

"윗방 아줌마한테 아무 말도 않고 가?"

"엄마, 아버지한테 정말 돌아가지 않아?" (9쪽)

"엄마, 아버진?" (10쪽)

"우리, 어디로 가는 거야?"

"돈 벌러 간 아버지는 어쩌고?"

"왜 안 와?" (12쪽)

"아버지 돌아오면 어떡해?" (17쪽)

"왜 엄마?" (18쪽)

"내 성도 이젠 김가야?" (19쪽)

위 문장들은 몽실이가 엄마 손에 이끌려 새아버지 집에 가 살기까지 엄마에게 쏟아 내는 물음들만 모아 놓은 것이다. 몽실이는 자꾸만 궁금하다. 그러나 그럴 때마다 엄마는 "시끄럽다! 그냥 가면 되는 거다." 이렇게 무섭고 일방적인 말로 쏘아붙인다. 새아버지 집에 살면서 몽실이 이해할 수 없는 일들은 점점 많아지지만 아무도 시원한 답을 주지 않았다. 새아버지 집에서 엄마가 아이를 낳고, 몽실이 한쪽 다리가 부러지고, 다시 엄마와 헤어지고 아버지 정 씨와 살게 된 몽실이 마음속에는 너무나 많은 "왜?"가 쌓이고 쌓인다. 몽실이는 아버지 성 씨와 새아버지 김 씨, 어머니 밀양댁과 새어머니 북촌댁, 그리고 이웃 사람들의 인생을 눈여겨보면서 궁금한 것들을 밖으로 말하는 대신 '곰곰이 생각하는 아이'가 되었다. 그런 몽실이가 야학에 나가 최 선생님 가르침을 들으면서 "왜?"에 대한 답을 찾기 시작한다. 몽실은 선생님이 해주는 인생 이야기, 나라 사정 이야기를 들으며 엄마 젖을 빨아먹는 아기처럼 배우는 기쁨을 누렸다.

몽실이가 다시 "왜?"를 입 밖으로 내기 시작한 것은 새어머니 북촌댁이랑 살면서부터다. 몽실이는 북촌댁과 함께 야학에 나가 공부를 배웠다. 북촌댁은 몽실이 얘기를 정성껏 듣고 답해 줄 뿐 아니라 몽실이에게 이것저것 물음을 던져 주었다. 몽실이는 그동안 가슴에 쌓아 두었던 응어리를 북촌댁에게 말을 하면서 풀어냈다. 사람들 보기에 이 둘은 새어머니와 딸 사이가 아니라 친한 친구 같았다.

"어머니, 인생이란 게 뭐여요?"
몽실이 잠자리에 들기 전에 북촌댁을 보고 물었다.
"사람이 태어나서 살아가는 걸 인생이라 하나 보더라."
"팔자하고 비슷하군요."
"비슷하기도 하지."
"팔자도 먼저 알고 걸어갈 수 있어요?"

"다 알 수는 없지만 짐작은 할 수 있지."(68-69쪽)

몽실이 일곱 살에서 아홉 살이 되는 두 해 동안 새아버지가 생기고 새어머니가 생겼다. 그리고 이복동생이 생겼다. 그리고 다리를 절게 되었다. 불과 두 해 전까지만 해도 친어머니에게 "어딜 가?" "언제 와?" 같은 질문을 하던 몽실이가 새어머니에게는 인생을 얘기하고 팔자를 물어본다. 그러나 모처럼 새어머니와 이런 이야기를 나누는 시간조차 몽실에게 충분히 주어지질 않는다. 6. 25 전쟁이 난 것이다. 언니 같고 친구 같은 어머니였던 북촌댁은 전쟁통에 아기를 낳고 며칠 안 있어 숨을 거두었다. 아버지는 전쟁터로 끌려가고 몽실이는 갓난아기를 안고 전쟁을 겪어야 했다. 갓난아기 때문에 피난을 갈 수 없었던 몽실이는 마을에 혼자 남아 외롭고 무섭게 전쟁을 겪었다. 몽실은 배고프고 외롭고 무서웠다. 텅 빈 마을에 남아 있던 몽실이는 북에서 내려온 인민군 금순 언니와 만난다. 몽실과 인민군 금순 언니는 마당에 멍석을 깔고 누워 밤새도록 얘기를 나눈다. 인민군 언니는 몽실을 보고 북에 두고 온 동생을 느끼고 몽실은 인민군 언니에게서 북촌댁을 느낀다. 몽실이는 쏟아 내듯 묻는다.

"국군하고 인민군하고 누가 더 나쁜 거여요? 그리고 누가 더 착한 거여요?"

"………"

왜 인민군은 국군을 죽이고, 국군은 인민군을 죽이는 거여요? (109쪽)

열 살 여자아이 몽실이가 하는 질문은 지금 몽실이가 어떤 삶을 살고 있는지를 보여 준다. 열 살 여자아이 몽실이가 대체 무엇을 보았기에 이렇게 묻는 것일까? 몽실이는 지금 전쟁을 물어보는 것이다. 인민군 금순 언니는 그런 몽실에게 "정말은 다 나쁘고, 다 착하다"고 말한다.

"그런 거야, 몽실아. 사람은 누구나 처음 본 사람도 사람으로 만났을 땐 다 착하게 사귈 수 있어. 그러나 너에겐 좀 어려운 말이지만, 신분이나 지위나 이득을 생각해서 만나면 나쁘게 된단다. 국군이나 인민군이 서로 만나면 적이기 때문에 죽이려 하지만 사람으로 만나면 죽일 수 없단다." (109쪽)

열네 살 몽실이가 전쟁 때문에 제 나이다운 소녀시절을 살아 내지 못한 것은 다시 생각하여도 안타깝다. 그러나 끊임없이 "왜?"를 던지는 몽실이를 따라가며 들은 이야기들은 내 평생 들어 본 적이 없는 귀한 말들이다. 10년 넘게 내가 하도 읽어 나달나달해진 《몽실 언니》를 열다섯 살 딸아이가 읽는다. 딸아이는 지금 무슨 질문을 품고 살아갈까? 몽실이 질문을 따라갈 수 있을까? 질문 끝에 얻어지는 "사람으로 만난다"는 말을 마음으로 만날 수 있을까? 궁금하다.

★
작은 마당

　나는 권정생 선생님 살아 계실 때 조탑리에 찾아가 선생님 댁 마당 언저리에 서서 내 맘만으로 선생님을 불편하게 해드리고 온 일이 있다. 2007년 5월 선생님 돌아가시고 안동 시내에 있는 병원에서 삼일장이 치러지는 동안 나는 그곳에 내려가 머물면서 조탑리에 있는 선생님 집을 두세 번 들렀다. 마침 5월을 맞아 맘껏 자라고 있는 풀과 꽃들 덕분에 마당은 찾아온 사람들이 서 있기에 좁았다. 마당에 모인 사람들은 누군가 가져온 막걸리 두 병을 아주 조금씩 종이컵에 나누어 먹었다. 선생님 살아 계실 때 못 받은 사랑을 받으려는 듯 사람들은 자리를 뜨지 않고 작은 마당에 모여 있었다. 얼굴 모르는 사람들이었지만 권정생 선생님과 그분의 문학을 사랑한다는 이유로 선생님 잃은 슬픔을 서로 위로했다.

　맑은 하늘에서 한바탕 소낙비가 내리고 나자 마당에서 후끈한 기운이 확 올라왔다. 처마 밑에서 몸을 겹치고 비를 피하던 사람들 모두를 껴안아 주시려는 권정생 선생님의 따뜻한 기운 같았다. 그 기운을 받아서인가 비가 그치자 어느 화가 선생님은 화구를 챙겨 빌뱅이 언덕에 올라 선생님 집을 옮겨 그리기 시작했다. 마당에 핀 꽃과 풀들도 비를 맞아 훨씬 더 분명해 보였다. 집주인이 특별히 가꾸지 않아도 자연 그대로 나서 자라는 풀과 꽃들이 있고 나무 몇 그루 있는 마당은 오소리네 집 뒷산 꽃밭을 닮아 있었다.

병원에 한 달쯤 입원해 계시다 돌아가신 선생님은 마당에서 제일 먼저 피었다 지는 노란 산수유나무 꽃은 보셨을까? 마당 가운데 죽은 듯이 서 있는 작은 포도나무, 부엌 쪽 언덕에서 무리지어 피어 있는 보라색 엉겅퀴, 수돗가에 핀 박하, 질경이들은 평생 아픈 몸으로 혼자 사신 선생님에게 없어서는 안 될 친구들이었을 텐데……. 나는 선생님네 작은 마당을 보며 그런 생각을 했다.

그해 늦은 가을에 다시 선생님네 빈집엘 가 보니 마당 가운데 노란 국화가 피어 주인 없는 집을 지키고 있었다. 집 뒤에서 큰 바위를 타고 올라간 마른 호박 줄기에는 누런 호박 하나가 달려 있었다. 선생님은 가셨는데 호박은 혼자서 크고 여문 게 신기했다. 선생님이 살아 계셨다면 익은 호박을 따다가 호박죽이라도 끓여 드셨을까? 낙엽 속에 떨어져 숨어 있는 은행을 주워 함께 가신 마을 할머니 바가지에 담아 드리고 왔다.

그 뒤로 일 년 넘게 선생님 집 마당엘 가 보지 못했다. 그동안 여러 가지 일이 있었지만 나는 유방암이라는 큰 병을 얻어 수술하고 치료하느라 시간을 다 썼다. 이 글을 쓰기 위해《하느님의 눈물》(산하, 1991)과《오물덩이처럼 딩굴면서》(이철지 엮음, 종로서적, 1986)를 읽다 보니 곳곳에 선생님이 써 놓으신 나무 이야기, 꽃 이야기가 다시 보였다. 항암치료를 받고 집안 일은 물론 책을 읽을 수도 없을 때에 나는 베란다에서 자라는 꽃과 나무를 바라보며 시간을 보냈다. 〈오소리네 집 꽃밭〉(《먹구렁이 기차》, 우리교육, 1999)에 나오는 오소리 아줌마처럼 나는 예쁜 꽃을 보면 우리 베란다에 갖다 놓고 싶어 안달을 했다.

권정생 선생님은 사랑하는 아우 이현주 목사에게 보내는 편지에다 "꽃철이 다가오면 나는 계집애처럼 자주 눈시울이 더워진다"(《오물덩이처럼 딩굴면서》, 250쪽)고 하셨다. 뒷산에 핀 개나리와 진달래를 보고 하신 말씀이다. 선생님은 "야단스럽게 피었다가 덧없이 져버리는" 봄꽃보다 "조심스럽게 천천히 아주 천천히 피어나서 또한 아주 천천히 시들어가는" 가을꽃을 더 좋아하셨나 보다. 가을에 무덕무덕 산기슭에 피어 있는 연보라 산국화 꽃은 "가슴이 저리도록 아름답다"(같은 책, 258-259쪽) 하셨다.

그리고 보니 우리 베란다에는 서양 꽃, 우리나라 야생 꽃, 봄꽃, 여름꽃이 한데 섞여 있다. 제라늄, 사피니아, 버베나, 한련화, 매발톱꽃이 계절을 모르고 차례로 꽃을 피우고 있다. 작년에 구해 놓은 씨앗을 옥상 위에 있는 스티로폼 화분에 뿌려 놓고 싹이 올라오나 살피는 중이다. 해바라기, 접시꽃, 백일홍, 봉선화, 풍접초 씨를 뿌렸는데 단연 해바라기가 일등으로 올라와 쑥쑥 자라는 중이다. 그리고 그 옆에는 대여섯 포기씩 사다 심어 놓은 고추, 상추, 호박 모종들이 뿌리를 잘 내리고 있다. 여름 날 저녁 여섯 시가 되면 옥탑방 뒤로 뜨거운 해가 넘어가고 옥상에는 시원한 바람이 불어 온다. 어디에 숨어 있었는지 잠자리들이 그 시간이면 옥상으로 날아와 맴을 돈다. 나는 의자 하나 가져와 가만히 앉아 있기만 한다. 도시에 살면서 이만큼이라도 초록

생명들을 바라보며 평안한 기분을 느낄 수 있다는 게 감사하다.

선생님 떠나신 지 3년이 지났다. 5월이면 선생님네 집 앞 작은 마당은 돌아가시던 그때처럼 여전히 자기들끼리 피어난 꽃과 풀들로 아름다울 것이다. 또 한 번 그 마당이 그립고 보고 싶어졌다. 이번에 조탑리 선생님네 집 마당을 보러 가면 예전에 몰라서 미처 이름 불러 주지 못했던 풀들, 꽃들을 실컷 보고 와야겠다.

- 2010년 권정생 3주기 추모제 자료집에 실린 글

★
우리의 밥이 되신 권정생 선생님

　나는《하느님의 눈물》(산하, 1991)에 나오는 돌이 토끼를 이해하지 못했습니다. 배가 고픈 토끼로서 마땅히 먹어야 할 풀 한 포기에게 먹어도 되냐고 묻다가 결국엔 아무것도 먹질 못합니다. 그런 돌이 토끼는 생각할수록 유별납니다.

　돌이 토끼만이 아니라 이 세상 생명 가진 것들은 모두 먹고 먹히며 살아갑니다. 돌이 토끼도 누군가에게 먹힐 것입니다. 어느 날 갑자기 그것을 의심하고 아니라고 하면 과연 어디서 어떤 답을 얻을 것인지 책을 읽는 나는 걱정부터 밀려옵니다. 돌이 토끼는 하느님처럼 바람과 햇빛과 비를 먹고 살고 싶다고 합니다. 그런데 하느님은 돌이 토끼에게 "사람들은 기를 써 가면서 남을 해치고 있"기 때문에 아직은 안된다고 합니다. 하느님은 분명 돌이 토끼가 하는 말을 알아들으셨나 봅니다. 솔직히 나는 아직도 돌이 토끼 고민도 하느님의 대답도 잘 모르겠습니다. 그러나 권정생 선생님께서 아이들 동화에다가 이슬 먹고 바람 먹고 살아야 한다고 말씀하실 분이 아니란 걸 알기에 무시해 버릴 수도 없습니다.

　이런 내 고민을 해결해 준 것은《도토리 예배당 종지기 아저씨》(분도출판사, 1985)에서 종지기 아저씨보다 먼저 죽은 생쥐였습니다. 생쥐는 "슬픈 세상"을 이야기합니다. 목숨 있는 것들이 싸우고 울고 사랑하고 노래하는 것은 목숨 있는 것들의 운명이고 의무라 합니다. 그 운명과 의무 때문에 세상은 어쩔 수 없이 슬프다고 합니다. 보이는 세상이 아무리 아름다워도 사실 알고 보면 그 속에는 서로 먹고 먹히는 슬픔이 있다는 것이지요.

운명과 의무 때문에 어쩔 수 없이 슬픈 세상!

우리 사는 세상을 기막히게 설명하는 말입니다. 놀라운 것은 짐승들은 딱 배고픈 만큼만 먹고 살면서 그 슬픔을 줄인답니다. 이제 보니 《하느님의 눈물》에서 돌이 토끼도 짐승입니다. 짐승 중에서도 아주 작은 짐승. 그 작고 여린 토끼가 슬픔을 직면합니다. 남의 목숨을 바라볼 줄 아는 존재입니다. 남의 목숨을 먹어야 하는 순간에 한 발자국도 떼지 못하는 아주 여리고 착한 존재입니다. 문제는 토끼보다 훨씬 힘세고 영리한 사람입니다. 사람들은 운명과 의무를 실천하면서 저지르는 슬픔을 슬픔으로 보질 못합니다. 사람은 그 슬픔에다가 '자연의 섭리'라는 이름을 지어 놓고 아무 가책 없이 살고 있습니다. 생각 없이 먹고 또 먹습니다. 먹어서 배가 차면 이번에는 더 욕심을 내어 쌓아 놓습니다. 이 세상에서 슬픔을 저지르고 키우는 것은 사람입니다.

사람이 죽으면 그때서야 슬픔을 저지르는 것이 끝납니다. 목숨 가진 존재들이 싸우고 먹고 사랑하고 노래하는 것이 운명이자 의무이듯 죽음 또한 그것들의 운명이자 의무입니다. 《도토리 예배당 종지기 아저씨》에서 죽은 생쥐가 살아 있는 종지기 아저씨에게 죽음을 말할 때마치 경사스런 일을 치르듯이, 좋은 일을 겪듯이 말하는 이유를 이제야 알겠습니다. 죽음은 무섭고 두렵지만 죽음으로 슬픈 일을 그만 저지르게 되니 그것은 참 다행입니다.

그런데 나는 여기서 소망을 갖고 죽은 강아지똥(《강아지똥》, 《먹구렁이 기차》, 우리교육, 1999)이 생각납니다. 강아지똥 또한 운명이고 마땅한 죽음의 길을 갑니다. 특이한 것은 죽을 때 가슴에 별을 품고 죽었다는 점입니다.

누구든지, 무엇이든지 이 세상에 와서 얼마만큼 머물다가 한 번은 꼭 죽어야 합니다. 강아지똥은 이 세상에 머무는 동안 착하게 살다가 가고 싶었습니다. 허나 그것조차도 강아지똥에게 허락되지 않는 운명이었습니다. 그래, 강아지똥은 포기했습니다. 살아서 착하게 살지도 못하는 못난 강아지똥이지만 그렇다고 죽고 싶지는 않습니다. 죽는 것은 무섭습니다. 그러나 "운명이고 마땅한 일"이기 때문에 강아지똥은 죽어야 합니다. 죽음의 순간을 맞아 강아지똥은 하늘에 있는 별을 봅니다. 언제나 별은 거기에서 영원히 빛났던 기억이 납니다. 죽고 사는 문제는 어떻게 할 수 없지만 마음에 영원히 빛나는 별을 심는 것은 온전히 강아지똥 마음입니다. "영원히 꺼지지 않는 아름다운 불빛." 이것만 가질 수 있다면 더러운 똥이라도 조금도 슬프지 않을 것 같았습니다. 강아지똥은 자꾸만 울었습니다. 울면서 가슴 한 곳에다 그리운 별의 씨앗을 하나 심었습니다.

가슴에 영원한 소망을 가지고 죽는 것과 그렇지 않은 죽음의 차이는 엄청납니다. 영원히 죽지 않고 빛나고픈 강아지똥의 소망은 죽어 다른 개체(민들레)를 통해라도 이루어집니다. "죽어야 다시 산다"는 말이 생각납니다. 강아지똥이 소망을 품었기 때문에, 강아지똥이 죽었기 때문에 가능한 일입니다. 강아지똥은 죽어 민들레의 밥이 되었습니다. 민들레는 강아지똥을 먹고 별처럼 빛나는 아름다운 꽃을 피웠습니다.

다시 처음으로 돌아가렵니다. 먹고 산다는 것은 다른 목숨을 먹는 일이고 슬픔을 저지르는 일입니다. 그러나 그것이 또 목숨들의 운명이고 의무입니다. 나는 살아 있는 동안 슬픔을 줄이며 살고 싶습니다. 운명과 의무를 잘 치르고 살다가 맞이하는 죽음 또한 마땅히 받아들이고 싶습니다. 그때, 죽어 몸이 사라져도 사라지지 않을 소망 하나를 가슴에 품고 싶습니다. 내 딸이, 내 친구가 내 형제가 그 소망을 기억하여 꽃피우고 열매 맺는다면 나는 죽어 영원히 살아 있을 것입니다.

돌이 토끼처럼 슬픔 하나 저지르지도 못하고 살다 죽어 바람, 물, 흙 되신 권정생 선생님! 선생님이 돌아가실 때 가슴에 품었을 소망은 지금 우리 가슴에서 다시 살아나고 있습니다. 그래서 선생님은 우리에게 영원히 살아 계신 분입니다. 우리가 권정생 선생님을 어쩔 수 없이 밥으로 먹고 삽니다. 오늘 저는 선생님을 밥으로 먹고 기꺼이 다른 이의 밥이 되는 삶을 살겠습니다.

- 2009년 권정생 2주기 추모제 자료집에 실린 글

★

사람이 보이는 동화

《슬픈 나막신》, 우리교육, 2002

2011년 3월, 일본 동쪽 바닷가 마을에 엄청난 쓰나미가 몰려와 마을과 사람과 집…… 모두를 한순간에 사라지게 했다. 시댁 큰집 조카딸이 일본으로 시집을 가는 바람에 일본에 대해 전에 없던 관심을 가지고 있던 터라 놀라움은 더 컸다. 첫아이에 이어 둘째를 임신하고 있는 조카딸네 식구들이 사는 곳과 가까운 곳에서 난리가 났다. 소식이 궁금하여 텔레비전을 켜면 날마다 마치 시뮬레이션 게임을 보여 주듯이 일본 마을이 파도에 사라지는 참극이 화면에 반복되어 나온다. 세 살 딸아이, 그리고 뱃속에 6개월 된 아기를 품고 있는 어미가 가지는 공포와 불안이 얼마나 클까? 나는 조카딸과 전화를 하며 심호흡과 음악으로 마음 다스리기를 하자고 권했다.

갑자기 1940년대 일본을 배경으로 쓴 권정생 동화 《슬픈 나막신》이 생각났다. 미국 비행기가 쏜 폭격으로 집이 불타자 불구덩이를 뚫고 방공호로 도망가는 사람들, 방향을 잃고 엉뚱한 곳으로 달려가며 엄마를 찾아 소리치는 아이들이 떠올랐다. 쓰나미, 화산 폭발, 전쟁, 원자폭탄 피해…… 이런 것들을 더 들여다보자면 자연 재앙과 사람이 일으킨 재앙으로 구분한다지만 보통사람들에게는 이 모두가 똑같이 원인 모를 참극일 뿐이다. 게다가 아이들이 겪는 고통은 이중 삼중이다. 난리 통에 절대보호자인 부모를 잃는 아이들, 아이를 잃은 부모의 고통은 감히 상상할 수가 없다.

《슬픈 나막신》은 2차 세계대전 중 일본이 서서히 망해 가는 때를 배경으로 한다. 그때 일본에 건너가 가난한 나가야에 사는 조선 아이 준이네가 이야기 중심에 있다. 책 속에 전쟁 소식이 낱낱이 쓰여 있지는 않지만 아이들의 생활이나 말과 놀이 곳곳에 전쟁이 있다. 전쟁 때문에 갖가지 어처구니없는 상황이 벌어지기도 하지만 고만고만한 조선 아이, 일본 아이들이 골목에 모여 노는 평범한 일상이 반복되기도 한다. 누가 누구를 좋아했다가 질투하다가 다시 어울려 노래하고, 보잘 것 없는 간식거리라도 저희끼리 나누어 먹는다. 그러나 골목에 모여 노는 아이들 숫자만큼 그들 부모의 성격과 삶은 다르다. 전쟁 통에 입양한 수양딸 아이에게 도대체 정을 주지 않는 쌀쌀맞은 일본인 양부모, 돈을 모으는 대로 마약을 사 맞으며 툭하면 아이를 굶기고 때리는 분별없는 조선인 부모, 제 자식만 챙기는 이기적인 일본인 부모……. 모두 제각각으로 나누어지지만 아이들은 부모가 살아 있는 동안에는 밥 먹고 학교엘 다닌다. 그리고 골목에 나와 친구들과 놀이를 할 수 있다.

조금만 더 들여다보면 일본인 부모와 조선 부모들의 다른 처지가 분명히 보인다. 조선 아이 준이는 열 살이다. 일본에서 나서 일본 학교를 다니지만 엄마는 청송댁이라 불리는 조선인이다. 준이네가 사는 모습이 곧 그때 일본에 가 살았던 가난한 조선인들의 삶일 것이다. 일본인들은 가난한 조선인을 무시하지만 미국과 싸우는 데 이용해야 하니까 싫은 마음을 숨긴다. 두 마음을 가지고 사는 것은 일본 사람들뿐만이 아니다. 일본이 일으킨 전쟁터에 자식을 내보내야 하는 조선인들은 결코 그들과 같은 마음일 수가 없다. 전쟁에서 일본이 져야 조선인들은 고향으로 되돌아갈 수 있다. 그러나 전쟁에 나가는 아들의 목숨을 생각하면 또 마음이 흔들린다. 준이 형 걸이는 전쟁터에 나가면서 "일본을 위해 싸우는 것이 아니라, 자신을 위해 싸우겠다"는 어려운 말을 한다.

그러나 준이 엄마 청송댁과 준이 형 걸이는 길 잃은 아이, 매 맞고 우는 아이, 배고파 굶는 아이를 보살필 때 조선 아이 일본 아이를 구분하지 않았다. 엄마에게 쫓겨 나와 골목에 있는 분이에게 저녁을 먹이고, 전쟁 막바지에 양부모가 버린 하나꼬를 준이네가 데려다 키운다. 어느 일요일에는 나가야 골목에서 놀던 조선 아이 일본 아이 여섯이 모여 신주쿠 시내 백화점 구경을 갔다가 돌아오는 길을 잃고 늦은 밤 경찰서에 맡겨지는 일이 생긴다. 이 소식을 듣고 제 아이를 찾아 데려가는 어른들의 모습은 참 다르다. 맨 먼저 하나꼬의 양엄마가 인력거를 타고 와 경찰서 의자에 모여 있는 아이들 중에 오직 하나꼬만 데려간다. 다음으로 카즈오의 형 히로시 역시 욕을 하면서 제 동생만 데려간다. 마지막으로 달려온 준이 형 걸이는 경찰서 문에서 마주친 히로시에게 따지듯 말한다.

"다른 애들도 함께 데리고 가야 할 것 아니야?"

걸이는 여자아이들은 자전거에 태우고 남자아이들은 걷게 하고 캐

러멜을 사 먹이며 집으로 데려온다. 경찰서에 오기 전 아이들은 길에서 친절한 일본 아주머니에게 맛난 국수를 얻어먹었다. 아주머니는 길을 잃고 헤매는 아이들 모두에게 국수 한 그릇씩을 믹이고 안전하게 경찰서에 데려다 주었다. 작가 권정생은 이 사건을 이야기하면서 일본인과 조선인이 다른 것이 아니라 '사람'이 다르다는 것을 말하고 있다. 준이 엄마 청송댁, 준이 형 걸이, 그리고 길에서 모르는 아이들에게 국수를 사 먹인 일본인 아주머니는 조선인 일본인이기 전에 사람이다. 사정 딱한 아이들에게 조건 없이 손을 내미는 따듯한 사람들이다.

우리나라 방송이 반복해 내보내는 일본 재앙 현장의 화면을 보다 보면 민망한 마음이 든다. 이웃나라 일본에 일어난 참극, 그 속에서 사라진 일상의 착한 목숨들, 할아버지 할머니, 엄마 아버지, 그리고 아기들……. 사실을 보여 주고 앞으로 있을지 모르는 위험을 예고하는 것이 방송이 해야 할 일이겠지만 그보다 먼저 사람으로, 사람만이 할 수 있는 위로와 용기를 주었으면 좋겠다.

일본 조카딸이 사는 아파트는 사고 후에도 여진으로 하루에 몇 번씩 집이 흔들린단다. 그럴 땐 벽에 걸린 시계나 액자가 떨어져 다칠까 봐 책상 밑에 들어가기도 한단다. 엄마 옆에서, 엄마가 세상의 전부인 세 살 손녀딸 아이는 그럴 때마다 숨바꼭질하는 줄로 알고 책상 밑으로 들어가 눈을 가리고 소리 지른단다.

"엄마, 나 어디 있나요!"

★

티격태격 우리 부부

《한티재 하늘》1·2, 지식산업사, 1998

　　이순은 만삭이 된 배를 헐떡대며 앞장서서 걷고 걸었다.

　　골짜기를 한참 걸어 나오는데 갑자기 재복이가 소리친다.

　　"아배 온다!"

　　이순은 가슴이 뜰꺽했다. 어쩐지 다행이었고 고맙기도 했지만 사람이 왜 저리도 못났나 싶어 욱기가 생겼다. 그래 들은 채도 않고 그냥 걸어가기만 하다 보니 어느새 장득이 뒤에서 숨가쁘게 부른다.

　　"옥이는 거기 내라놓제!"

　　그런다.

　　그래도 이순이 못들은 척 가니까 장득이는 잰 걸음으로 뒤쫓아 와서 이순이 등에 업힌 순옥이를 낼름 안았다.

　　"사람 실없게도, 혼자 있을라마 남아 있는 거제, 왜 쫓아오제⋯⋯."

　　이순은 자꾸 울컥울컥 속이 치받는다.

　　"⋯⋯." (2권, 70쪽)

　　《한티재 하늘》2권에 나오는 한 장면이다. 만삭인 이순이 등에 또 한 아이를 업었다. 거지꼴을 한 세 아이들이 엄마 이순의 뒤를 따르고 있다. 이순에게 남편이 없는 게 아니다. 애초에 이 식구들을 끌고 산 속으로 온 것도 다 남편 때문이다. 남편 장득이 노름을 하여 집을 날리고 순사에게 쫓기는 신세가 되어 할 수 없이 산으로 도망을 왔다. 그러나 산에서는 다섯 식구가 먹고 살 길이 없다. 이순은 다시 산을 내려가려 하나 순사에게 잡힐 것이 겁나는 남편 장득은 안 가겠다고 한다. 안 가겠다는 것 말고는 뾰족한 수를 내놓지 않으니 결국엔 이순이 울컥울컥 속을 치받으며 아이들만 데리고 산을 내려오는 중이다. 뒤이어 무늬만 남편인 장득이 따라와 이순 등에 업힌 아이를 내려 받는다.

아내 이순과 남편 장득의 고단한 삶, 역할, 성격을 다 볼 수 있는 한 장면이다. 나는《한티재 하늘》에 나오는 이순의 남편 장득에게서 우리 남편을 엿본다. 울컥울컥 속을 치받으며 앞장서 걷고 있는 이순에게서는 나를 본다. 우리 가족이 나들이 갈 때, 맛있는 것 먹으러 갈 때, 심지어 산에 오를 때 나도 모르는 새 내가 앞장을 선다. 상대적으로 남편은 그런 역할을 덜 맡고 산다. 어쩌다 남편의 의견이 필요하여

"어디로 갈까?"

하고 물으면 대부분 돌아오는 답이

"글쎄? 당신은?"

이다. 앞장서서 먼저 알아보고 궁리하여 결정하는 역할을 하며 살다 보니 혹시 일이 잘못되면 그 책임도 앞장선 사람에게 돌아오는 걸 나는 깨달았다. 뒤늦게 나는 남편이랑 역할과 책임을 함께 나누고 싶어 머리를 써 보지만 시간은 시간대로 걸리고 일이 더 엉뚱한 데로 흘러

가니 남편은 지금껏 하던 대로 살기 원한다.

"글쎄? 당신은 뭐 먹을래?"
"글쎄? 당신은 무슨 영화 볼래?"
"글쎄? 당신은 뭐 할래?"

이 말이 나를 배려하는 말이 아니라는 것, 나아가 자기는 고민하기 싫고 몽땅 나한테 책임을 넘기려는 속셈이라는 확신이 생기고부터 이런 말을 들으면 울컥울컥 속이 치받친다. 그래 어느 날은 남편에게 대거리를 했다.

"나는 딱 하루만 조폭이랑 살고 싶어! 뭐 먹을까 묻지 말고 그냥 짜장면 먹자 하고, 무슨 영화 볼까 묻지 말고 그냥 영화표 끊어 왔으면 좋겠어. 조폭들은 결단력 있고 카리스마 있잖아!"

맘 순한 남편은 굳이 자기를 부정하지 않는다.

"나는 그렇게 생겨 먹은 걸 어쩌니. 근데 당신, 그거 알아?"
"뭐?"
"조폭은 예쁜 여자만 좋아하는 거!"
"……"

요즘 사람들은 남녀가 만나기 전부터 상대를 오래오래 탐색한다. 살펴고 살펴 나머지 인생을 잘 살려고 하는 것이다. 권정생 소설《한티재 하늘》을 읽고 나니 인생이란 아무리 노력하더라도, 또 어떻게 하더라도 '운명'이라는 보이지 않는 여분의 몫이 있다는 생각이 든다. 거기에 나오는 모든 인물들은 그 나름의 자기 성격으로 날마다 운명을 만든다. 그 운명들이 씨실 날실로 엮여 한 시대를 이루어 놓고는 사라진다. 우리 부부도 생겨 먹은 대로 만나 부딪치며 티격태격 살고 있다. 내 성격대로, 생겨 먹은 대로 살다가 그래도 안 되는 부분은 운명의 몫이라 밀어 놓으련다.

— 2011년 권정생 4주기 추모제 자료집에 실린 글

★

아이들과 함께 읽은 동화 두 편

〈오소리네 집 꽃밭〉, 《먹구렁이 기차》, 우리교육, 1999
〈짱구네 고추밭 소동〉, 《짱구네 고추밭 소동》, 웅진, 1991

2003년, 2004년 두 해 동안 서울 양천구 신정동에 있는 양동초등학교 교실에 들어가 일주일에 한 번 동화책을 읽어 주었다. 학교를 중심으로 주택이 빽빽하게 둘러 있는 우리 동네는 부모들이 아이를 보살필 틈 없이 바쁘게 살았다. 잠든 아이 머리맡에 밥상을 차려 놓고 천원 두 장 올려놓고 일터에 나가 밤늦어야 오는 부모들이 많았다. 그나마 부모가 있는 집은 다행이고 엄마 없이 할머니 또는 아버지와 사는 아이도 꽤 있었다. 문이 닫힐 때까지 문방구 앞에 쪼그리고 앉아 오락기계를 두드리는 아이, 늦은 밤까지 어른 자전거를 타고 좁은 골목을 위험하게 달리는 아이가 모두 우리 아이랑 같은 반이었다. 나는 용기를 내어 그림책을 들고 교실로 갔다. 3학년 아이들에게 그림책 《강아지똥》(길벗어린이, 1996)을 보여 주니 몇 명만 알은체를 하였다. 일 년 동안 좋은 그림책을 부지런히 골라 읽혔다. 좋은 그림과 이야기가 아이들 눈과 귀를 꼼짝 못하게 했다. 아이들 역시 이야기에 귀를 기울이고 책에 호기심을 가지는 자기 자신에게 놀라고 있었다.
3학년 4반 아이들이 다음 해에 담임선생님과 함께 그대로 4학년 2반으로 올라갔다. 흔하지 않은 일이었다. 나는 4학년이 되는 아이들에게 권정생 단편 동화를 읽어 주고 싶어졌다. 그동안 듣는 훈련이 잘 된 아이들에게 〈오소리네 집 꽃밭〉〈강아지똥〉(《먹구렁이 기차》, 우리교육, 1999) 〈빼떼기〉(《바닷가 아이들》, 창비, 1988) 〈산 버드나무 밑 가재 형제〉(《하느님의 눈물》, 산하, 1991) 〈짱구네 고추밭 소동〉〈빨간 책가방〉(《짱구네 고추밭 소동》, 웅진, 1991) 같은 동화를 읽어 주었다. 아이들과 재미나게 호흡한 책 이야기를 적어 본다.

오소리네 식구, 우리 집 식구 - 〈오소리네 집 꽃밭〉

《먹구렁이 기차》 속에는 권정생 선생님의 짧은 동화가 11편 실려 있다. 그림책이 아닌 단행본 책을 들고 갔더니 아이들이 언제 다 읽느냐고 걱정을 한다. 내가 책 중간을 펼쳐 읽으려 하니 이번엔 왜 책을 중간부터 읽느냐고 고개를 갸우뚱한다.

〈오소리네 집 꽃밭〉에서는 이야기 첫머리에 회오리바람이 분다. 오소리 아주머니는 졸다가 그만 바람에 날려 40리 밖으로 날아간다.

"오소리 아줌마를 40리 밖으로 날아가게 하는 회오리바람이 머리에 떠올려지니?"

"회오리바람은 알아요."

"40리면 여기 너희 4학년 2반 교실에서 여의도쯤 날아갈까?"

"엥! 여의도씩이나요?"

오소리 아주머니는 다시 정신을 차려 집으로 돌아오는 길에 그만 동네 초등학교 안을 들여다본다. 울타리 사이로 운동장이 보이고 뛰어노는 아이들이 보이고 운동장 가에 봉숭아, 채송화, 접시꽃, 나리꽃이 어우러진 꽃밭이 보인다. 아주머니는 그만 그 꽃밭에 핀 예쁜 꽃들을 보고 샘이 났다. 집에 오자마자 아주머니는 남편에게 꽃밭을 만들자고 한다. 순하디 순한 남편 오소리는 영문도 모른 채 아내가 시키는 대로 괭이를 들고 뒷산으로 가 꽃밭을 만든다.

"영차."
"에그머니! 여보, 그건 패랭이꽃이잖아요? 쪼지 마세요."
아저씨 오소리는 다른 쪽으로 돌아서서 괭이를 번쩍 들었다가 쪼았습니다.
"영차."
"에그머니! 여보, 그건 잔대꽃이잖아요? 쪼지 마세요."
아저씨 오소리는 조금 비켜나서
"영차!"
하고 쪼았습니다.
"에그머니! 여보, 그건 초롱담꽃이에요. 쪼지 마세요." (26-28쪽)

여기저기다 괭이질을 하던 오소리 부부는 집 둘레에도 학교 꽃밭만큼 아름다운 꽃들이 피어 있다는 것을 깨닫는다. 그리고 오소리 아주머니는 남편에게 솔직하게 말한다. 아까는 부득부득 아니라더니.

"정말 그렇군요. 제가 찔레덩굴 밑에서 꼬박꼬박 졸다가 바람에 날려 갔나 봐요. 그래서 괜히 읍내 학교 꽃밭을 보고 잠깐 마음이 들뗬던 거예요." (29쪽)

"아하, 아깐 안 졸았다더니 오소리 아주머니 맘이 바뀌었네?"
"우리 할머니도 텔레비전 보면서 졸아요. 졸면서 안 졸았대요."
"우리 엄마도 오소리 같아요. 집에 옷 많은데 홈쇼핑 보고 옷 또 사고 또 사고 그래요."
이런 이야기는 여자아이가 한다. 역시 딸아이는 엄마의 삶을 꿰뚫어본다. 그런데 남자아이가 하는 말이 더 놀랍다.
"우리 아빠 같으면 꽃밭 안 만들어요. 엄마한테 소리 질러요."

매운 고추 냄새 풍기며 맡으며 – 〈짱구네 고추밭 소동〉

한여름, 쓰르라미들이 상수리나무 그늘에서 할아버지가 톱질하는 소리처럼 한가롭게 울고 있습니다. (72쪽)

〈짱구네 고추밭 소동〉 첫 문장이다. 아이들에게 다시 한 번 이 문장을 읽어 주고 나서 무슨 뜻인 줄 알겠느냐 하니 안다고 한다. 멋지지 않냐고 하니 또 그렇다고 한다.
짱구네 엄마와 누나가 거름 소쿠리와 똥오줌 자배기를 고추밭에 져

나른다고 하니 한 아이가 "아우 더러워." 한다. 자기들은 엄청 깨끗한 것만 먹고 사는 줄 안다.

"잉~ 깨끗한 척 하기는. 예전에 다 이렇게 농사를 지었어. 똥오줌 뿌려 가면서."

(…) 귀여운 고추들이 가지마다 조랑조랑 맺혔습니다.
(…) 아기 고추들은 니암니암 산바람을 마시며 얼굴을 예쁘게 다듬었습니다. (72-73쪽)

조랑조랑. 니암니암. 잘못하면 나는 이런 말들이 있는 줄도 모르고 살 뻔했다. 드디어 아기 고추들이 여물어 빨간 불꽃이 되어 활활 타오른다. 고추밭 근처에 가면 코가 아리고, 눈이 쓰린다. 이쯤 되면 아이들이랑 나는 잘 익은 짱구네 고추밭에 누워서 책을 읽는 기분이다. 고추 매운 내가 막 우리한테까지 풍겨 온다. 그런데 돌이 엄마랑 짱구네 엄마가 강 건너 마을에 나타난 도둑 얘기를 한다.

"끔찍하군요. 어떤 미친 사람이 환장을 했나 봐요."
"이만저만 환장을 한 게 아니죠. 무서운 짓이에요." (75쪽)

아이들은 책 속에 욕이 나오면 무조건 좋단다. 낄낄, 그러면서 곧 짱구네 고추도 무사하지 못할 거라고 쏘곤거린다. 책 속 고추들은 고추들끼리 쏘곤거리며 고추 도둑이 나타나면 꾀를 쓰자 하고 용기를 내

자고도 한다. 고추들은 잠을 못 자 얼굴이 달아오르며 사흘밤을 도둑과 싸울 준비를 한다. 듣는 아이들은 점점 눈과 귀를 모은다. 틀림없이 긴장하고 있는 거다.

"어! 〈강아지똥〉에서도 사흘 동안 비가 왔는데 여기서도 사흘 밤이네."

맨 앞에 삐딱하니 앉아 있던 세현이가 얼굴이 벌게 가지고 아이들을 보며 소리친다. 소리 지르지 않으면 말이 안 되는 세현이가 대단한 발견을 했으니 소리 질러 마땅하다.

짱구네 엄마는 잘 자란 고추를 보며 내일 짱구와 같이 와서 고추를 따야겠다고 한다. 그 소리를 들은 고추들이 안심을 하고 잠이 든 날 일은 벌어지고 만다. 고추 도둑은 잘 익은 짱구네 고추를 무차별로 따 자루에 담아 도망을 친다. 고추들은 어떡해서라도 탈출하려고 한다. 자루 속에서 씩씩거리며 매운 내를 풍기고 몸을 부풀리는 고추들 때문에 고추 자루는 점점 무거워진다. 고추 도둑이 넘어지고 고추 자루는 바위에 부딪혀 폭발한다. 동화를 읽어 주는 나는 숨이 차올라 어디서 한 번 쉬어야겠는데 그럴 수가 없다. 내용으로 보나 아이들 얼굴을 보나 이 흥분을 끊을 수가 없다. 그건 예의가 아니다. 때마침 부는 바람을 따라 고추들이 떼를 지어 자기 밭으로 가는 모습을 생각하느라 아이들은 신났다. 따로 절정이 없다. 바로 여기가 우리들의 절정이다. 드디어 고추들은 급한 대로 아무 가지에나 제각기 걸렸다. 자기 자리 아닌 가지에도 가고 또 방향을 바꾸어 반대로 코를 쳐든 고추도 있다.

"하하하하."

"와~"

"어떻게 그 많은 고추가 달려가서 자기 자릴 찾아요?"

"깜깜한 밤이니까 자기 자릴 모르는 거지."

"와! 그거 만화영화 만들면 좋겠다."

아이들은 여전히 얼굴이 벌게진 채 저희끼리 할 말이 많다. 내 얼굴도 여전히 벌겋다. 처음이다. 이렇게 고추 냄새를 풍기며 맡으며 이 동화를 읽은 것은.

권정생 동화를 열 편쯤 읽고 나서 아이들에게 무엇이 떠오르냐고 물었다.

"강아지똥, 빼떼기, 가재 형제 다 불쌍해요."

"더러워요."

"막 다 읽고 나면 막 느낌이 생겨요, 속에서."

가슴에 두 손을 대고 있던 여학생이 지금도 생각난다. 그때 함께 동화를 읽은 아이들이 올해(2012년) 고등학교 3학년이다. 혹시 아직도 권정생 할아버지를 기억하고 권정생 닮은 작고 여린 동화 속 주인공들을 기억하고 있을까? 10년 전쯤 초등학교 교실에서 우리끼리 동화를 읽으며 행복하게 가졌던 마음 속 느낌들을 기억할 수 있을까? 힘든 세상, 힘든 시간을 견뎌야 하는 그 아이들 마음속 맨 밑바닥에서라도 그 느낌이 힘을 내어 주기를 엄마의 마음으로 기도한다.

김연희

난 아이들을 좋아합니다. 가르치는 건 못해도 함께 노는 건 잘합니다. 두 딸들은 이제 다 커서 나랑 놀아 주지 않습니다. 그래서 아이들과 놀아 보려고 유치원에 갔습니다. 종일반 보조교사로 하루 6시간씩 아이들과 놀고 집에 오면 기진맥진입니다. 그래도 밤마다 책장 앞에 섭니다. '내일은 무슨 그림책을 가지고 가서 읽어 줄까?' 고민합니다. 책 읽어 주는 시간이 참 좋습니다. 아이들 눈이 빛납니다. 난 나중에 책 읽어 주는 할머니가 될 겁니다.

- 1966년 경기도 포천에서 나고 자람
- 어린이도서연구회 어린이문학연구분과, 출판문화위원회에서 활동
- 현재 용인 동백초등학교 병설 유치원에서 종일반 보조교사로 일하고 있음

★

내겐 너무 어려운 권정생 선생님

똘배어린이문학회 회원이 된지 이제 막 두 달째이다. 그런데 회원이 되자마자 권정생 선생님 2주기 추모제를 함께 준비하고, 또 그를 추모하는 글까지 쓰려고 하니 무엇을 어떻게 써야 할지 당황스럽고 긴장된다.

나는 권정생 선생님을 뵌 적이 한 번도 없다. 선생님이 쓰신 글도 많이 읽어 보지 않았다. 하지만 어린이문학을 사랑하는 사람들 주변에 그분이 드리운 그늘은 느낄 수 있다. 모두가 사랑하고 존경하는 권정생 선생님. 그렇지만 내게는 멀게만 느껴지는 선생님. 선생님을 떠올리면 괜스레 주눅이 먼저 들어 버리는 나이다.

선생님은 글로, 삶으로 바르게 살아갈 길을 일러 주셨지만 나는 흉내조차 내기 어렵다. 오히려 아니 본 척하고픈 마음이다. 나는 자동차가 주는 편리함이 좋고, 온갖 먹을거리 앞에서 즐겁고, 경쟁에서 이기는 쾌감에 익숙하다. 아이들에게 선생님 책을 쥐어 주고 읽으라 하면서도 아이들이 그 글처럼 살게 내버려 두진 않는다. 선생님은 이런 것들을 싫어하셨다. 좀 불편해도 견디고, 조금 먹고 나누어 주고, 서로 돌보아 주라 하셨다. 근데 난 그러하지 않다. 그래서 눈치가 보인다. 눈치가 보이니 선생님이 더 어렵다. 존경보다는 어려움이 앞선다. 선생님이 콕 집어 나에게 뭐라 하지 않는데 도둑이 제 발 저린 격이다. 왠지 그분 앞에 서면 욕심 많다고 야단맞을 것 같고, 말과 행동이 다르다고 혼쭐이 날 것 같고, 너무 소란스럽다고 쫓겨날 것만 같다.

선생님을 한번 제대로 뵈었더라면 이런 마음이 덜할까? 야단치기보단 잘 타일러 주시려나. 아니면 이제부터라도 애쓰며 살아 보라고 격려를 해주시려나. 어쩌면 선생님이 남긴 글 속에 그 답이 있을지 모르겠다. 선생님은 윽박지르기보다는 어여삐 여기는 마음이 앞섰던 것 같다. 힘없고 못난 사람은 더 잘 품어 주신 것 같다. 선생님 보시기에 나 또한 못나고 어리석은 사람일 게다. 그러니 더 따뜻하게 감싸 주실지 모르겠다. 그리 여기고 싶다.

내가 살아가는 동안 어떤 선택의 기로에 놓였을 때 선생님은 내게 큰 갈피를 잡아 주실 것 같다. 적어도 선생님의 글, 말처럼만 산다면, 사람답다는 말은 듣게 될 터이다. 이런 점에서 본다면 내가 선생님을 알게 된 것은 행운일지 모른다. 선생님같이 어려운 사람 옆에 두고, 눈치가 보여서라도 얄밉고 볼썽사나운 짓 덜 할 수 있다면 다행이 아닌가.

이젠 선생님을 제대로 알아 갈 때인 것 같다. 선생님 책을 더 읽고, 선생님 말씀에 귀 기울이는 것. 이것이 내가 선생님을 어려워하되 부끄럽지 않은 사람으로 살아가는 지름길이리라.

- 2009년 권정생 2주기 추모제 자료집에 실린 글

★
엄마가 생각나는 옛이야기 하나

《훨훨 간다》, 국민서관, 2003

엄마는 일본 도쿄에서 태어나 열한 살 때까지 그곳에서 살았다. 그 때 엄마 이름은 사다코였다. 외할아버지는 그곳에서 구둣방을 하며 생계를 꾸리셨다. 그러다 외할머니, 외삼촌, 큰이모와 엄마는 일본이 패망하기 전에 먼저 목포로 들어갔고, 해방이 된 후 다시 광주로 이사하여 줄곧 그곳에서 살았다. 나중에 외할아버지도 일본을 떠나 왔고 이후로 사남매를 더 두셨다. 엄마는 열한 살까지 일본말만 하다가 한국으로 돌아왔으니 우리말이 서툴렀다. 게다가 이런저런 사정으로 한국에 와서도 학교에 입학을 못했다. 그래서 일본에서 다니다 만 국민학교가 배움의 끝이 되어 버렸고 우리말 배우기는 더욱 힘들어졌다. 원래 내성적인 성격인 데다 말까지 제대로 못하니 동네 아이들과도 잘 어울리지 못했다. 엄마는 열여덟 살까지 벙어리 아닌 벙어리로 살았다고 한다. 그러다 아버지를 만나면서 말문을 열기 시작했단다. 엄마는 열여덟 나이에 새로 말을 배우려니 너무 부끄러웠다고 한다. 그래서 말을 할 때마다 주저주저하며 입을 열다 보니 결국에는 말을 더듬게 되었단다. 이젠 엄마도 말 많은 딸들을 셋씩이나 키우며 산전수전 다 겪다 보니 말도 많이 늘었고 말더듬도 거의 없다. 하지만 지금도 낯선 사람 앞에서 긴장을 하거나 화가 나면 조금 더듬게 된다. 그래서 처음 듣는 사람은 좀 이상하게 여긴다.

《훨훨 간다》속에 나오는 할아버지를 보았을 때 친정 엄마가 떠올랐다.《훨훨 간다》속 할아버지는 무명 한 필과 이야기 한자리하고 바꿔오라는 할머니 성화에 못 이겨 장에 간다. 할머니한테 등 떠밀려 장에 가는 할아버지의 모습이 애처롭다. 숫기 없고 말솜씨 없는 할아버지가 재미있는 이야기를 구할 수 있을까 걱정도 되었다. 이런 할아버지의 모습이 엄마의 옛 모습과 겹쳤다. 엄마는 말주변도 없고, 재미난 이야기라곤 더욱이 할 줄도 모르고, 낯선 사람과 말을 섞는 걸 영 어려워했다. 엄마의 그 모습이《훨훨 간다》속 할아버지 모습 같다.

할아버지는 걱정이 앞서는 발걸음으로 장에 간다. 장에 가서 무명 한 필을 펼쳐 놓고 손님을 기다리지만 이야기 한자리에 무명 한 필을 팔겠다는 할아버지의 말을 아무도 곧이듣지 않는다. 말주변이 없는 할아버지는 이 상황을 장에 온 사람들에게 제대로 설명하지 못한다. 결국 할아버지는 장이 텅 빌 때까지 이야기 한자리와 무명 한 필을 바꾸지 못한다. 무거운 발걸음으로 터덜터덜 집으로 돌아가는 길에 할아버지는 막걸리 한 사발 들이키며 쉬고 있던 빨간코 농부를 만난다. 빨간코 농부는 무명 한 필과 이야기 한자리를 바꾸겠다는 할아버지의 말을 얼른 알아듣는다. 그는 건너편 논에 날아온 황새를 보며 이야기 한자리를 바로 지어내어 할아버지에게 들려준다. 할아버지는 토씨 하나 틀리지 않게 열심히 이야기를 따라 배운다.

훨훨 온다.

성큼성큼 걷는다.

기웃기웃 살핀다.

콕 집어 먹는다.

예끼, 이놈!

훨훨 간다.

이제 할아버지는 빨간코 농부한테 무명 한 필을 건네주고 서둘러 집으로 간다. 할아버지는 하루 종일 눈이 빠지게 기다린 할머니에게 '에헴' 기침 한번 하고, 뽐내듯 가져온 이야기를 들려주기 시작한다. 할아버지와 할머니는 가락을 넣어 가며, 몸동작까지 섞어 가며 주거니 받거니 이야기 한마당을 펼친다. 웃음이 저절로 나오는 정겨운 할아버지와 할머니 모습이다. 때마침 몰래 들어온 도둑의 몸짓이 할아버지의 이야기와 딱딱 맞아떨어지면서 더 큰 웃음을 준다. 도둑이 혼쭐이 나서 그네들의 집을 뛰쳐나간 것도 모르고 할아버지와 할머니는 이야기 한자락에 푹 빠져 흥겹기만 하다. 할머니는 무명 한 필이 달랑 여섯 줄의 짧은 이야기로 바뀌었어도 좋기만 하다. 할머니는 숫기 없는 할아버지가 무명 한 필과 이야기 한자리를 바꾸기 위해 얼마나 애태웠을지 알기 때문이다. 그래서 할머니는 할아버지를 이렇게 한껏 추어 준다.

"아이구 영감, 어디서 이렇게 재미있는 이야기를 바꿔 왔수?"

할머니가 할아버지의 이야기에 이렇게 흠뻑 빠져들 때, 나도 어릴 적 그때로 잠시 빠져든다.

안방 안에 놓인 연탄난로 위에서는 보리차가 끓고 있다. 엄마는 손으로는 빠르게 뜨개질을 하면서 입으로는 느릿느릿 이야기를 한다. 엄마가 처음으로 들려주는 옛이야기다. 엄마가 해준 그 이야기는 '할아버지 똥'이었다. 조금 더듬거리며 엄마가 이야기를 시작한다.

"거어시, 옛날 깊은 산골짝에 할아버지랑 할머니가 살았는데. 거어시 어느 날……."

할아버지가 산으로 나무하러 갔다가 똥이 너무 마려워 개울에 똥을 누었다. 그때 마침, 개울가로 빨래하러 갔던 할머니가 둥둥 떠오는 할아버지의 똥을 된장인 줄 알고 얼른 주워 집으로 가져왔다. 그리고 그걸로 된장찌개를 끓여서 할머니랑 할아버지랑 맛있게 먹었다는 이야기이다. 따뜻한 연탄난로, 구수한 보리차 냄새, 엄마와 함께 하는 여유로운 시간, 그리고 재미난 이야기 하나. 내 어릴 적 기억 속에 또렷이 남은 참 따뜻하고 즐거운 순간이다. 그 순간만큼은 엄마가 더듬거리며 말을 할 때마다 덧붙이는 '거어시'라는 의미 없는 음절도 이야기 한자리가 되었다.

두 사람은 모두 어눌하고 서투른 말솜씨로 이야기를 펼친다. 그래도 할아버지의 '훨훨 간다'는 할머니에게 곡진한 선물이 되었고, 엄마의 '할아버지 똥'은 나에게 따뜻한 추억이 되었다. 할아버지를 한껏 추어 주는 할머니의 마음과 엄마의 '거어시'를 추임새로 듣는 나의 마음은 똑같다. 그들이 건네준 곡진한 선물과 따뜻한 추억에 대한 고마움이다.

- 계간 《어린이문학》 2011년 겨울호에 실린 글

★
다시 잘 보면 다르게 보인다.

《밥데기 죽데기》, 바오로 딸, 1999

살다 보니까 내가 사람을 보는 눈이 정확하지 않다는 걸 알게 된다. 거기에 편견과 선입견마저 가지고 사람을 볼 때도 많다. 그러다 보니 좋은 사람을 놓치는 실수도 하고 때로는 상대방의 마음을 상하게도 한다. 젊었을 때는 연륜이 모자라 그런 줄 알았는데 이제 보니 꼭 나이 탓만도 아닌 것 같다. 나이가 들수록 사람을 보는 안목이 깊어지기는커녕 점점 더 시류에 영합하는 눈만 생겼다. 여러 사회구조적인 불합리성을 배제한 채 그 사람이 가진 것, 배운 것, 누리는 것으로 그 사람을 평가하고 그것이 곧 그 사람의 됨됨이라고 여길 때도 많다. 그냥 겉모습만으로 사람을 보는 거다. 게다가 내게는 나와 생각이 비슷하면 괜찮은 사람이고, 나와 조금 다르면 별로인 사람이고, 아주 다르면 이상한 사람으로 몰고 가는 고약함까지도 있다. 그것이 가족에게도 영향을 줄 때가 있다. 내가 본 첫인상만으로 "그 사람 별로인 것 같아." "걔 좀 그래 보여." 하는 말로 남편과 아이들의 친구를 평가한다. 이런 내 말에 그들의 관계가 흔들리지는 않더라도 마음이 상하는 것은 느낄 수 있다.

다른 사람들의 참모습을 보기도 전에 대충 넘겨짚어 그 사람을 판

단해 버리는 나의 성급함은 《밥데기 죽데기》를 읽을 때도 드러났다.

《밥데기 죽데기》의 솔뫼골 늑대 할머니는 포수가 쏜 총에 남편과 아들 둘을 잃고 그 원수를 갚기 위해 달걀 두 개로 '밥데기'와 '죽데기'를 만든다. 그런데 늑대 할머니의 정체를 알고 있는 황새 아저씨를 만난 후로 할머니의 원수 갚기는 전혀 다른 방향으로 흘러간다. 아저씨는 할머니를 모시고 다니며 이런저런 세상을 보여 준다. 늑대 할머니는 자기 못지않게 억울하고 가여운 삶을 산 사람들을 많이 만난다. 할머니는 아저씨의 설득으로 원수를 갚는 대신 세상을 아름답게 만드는 데 힘과 맘을 쏟는다. 늑대 할머니는 신통력으로 마술 같은 일을 온 세상에 펼친다. 모든 달걀이 병아리로 깨어나고 세상의 모든 총과 칼 철조망이 다 녹아 없어진다. 사람들은 미움을 다 내려놓고 화해한다.

나는 《밥데기 죽데기》를 읽으며 왜 하필 늑대 할머니가 세상의 구원자일까 의아해했다. 내가 생각하고 있던 세상의 구원자는 신통력은 기본이고, 위엄 있는 외모에 지성이 넘치고, 설득력 있는 말로 사람들을 감동시키는, 카리스마 넘치는 근사한 사람이었다. 그런데 늑대 할머니는 전혀 그러하지 않았다. 신통력은 없을 수 있다 쳐도, 꼬질꼬질한 한복에 톡톡 쏘아 대는 말투며 아무에게나 종주먹을 들이대는 모습까지, 세상을 구할 만한 인물의 모습이 아니었다. 밥데기 죽데기에게 끊임없이 잔소리를 해대고, 한 푼이 아까워 밥데기 죽데기의 나이를 속이면서까지 버스비를 안 내려 하고, 아들로 삼은 황새 아저씨에게 고집 피우고 떼쓰는 모습까지, 너무나 평범하다 못해 밉상인 할머니로만 보였다.

《밥데기 죽데기》의 황새 아저씨는 세상을 구할 사람으로 솔뫼골 늑대 할머니를 선택한다. 황새 아저씨라면 더 신통력 있고 재주 많은 비범한 사람을 얼마든 찾을 수 있었을 텐데 그러지 않는다. 이야기 속 황새 아저씨는 전지전능하다. 신과 같은 존재이다. 하지만 황새 아저씨는 사람들 일에 직접 개입하지 않는다. 세상을 끝장내지도 않지만 구해 내지도 않는다. 그저 사람들을 불쌍히 여기며 조용히 지켜보기만 한다. 그런 황새 아저씨가 밥데기 죽데기와 함께 서울에 나타난 늑대 할머니에게 세상을 구해 달라고 간절히 부탁한다.

처음에 늑대 할머니 눈에 비친 사람들 세상은 아무 죄 없는 짐승을 함부로 쏘아 죽이는 "더럽고 흉측하고 똥통 같은 곳"이었다. 그러므로 늑대 할머니에게 세상이란 모질고 야무지게 맞서야 하는 싸움터였다. 하지만 황새 아저씨를 만나고, 가족의 원수를 만나고, 원수의 이웃인 원폭 피해자와 위안부 할머니를 만나고, 지하철 바닥에 아무렇게나 쓰러져 자는 사람들과 서로에게 총부리를 겨누는 남북한 군인들을 보면서 세상이 다르게 보이기 시작한다. 이제 늑대 할머니에게 세상은 불쌍한 사람들이 너무 많은 "개코 같은 세상"이 되었고, 싸워야 할 곳이 아닌 고쳐야 할 곳이 되었다. 세상과 사람들을 보는 할머니의 눈이 달라진 것이다. 그리고 늑대 할머니는 자기 생명을 바쳐 할머니만의 방식으로 세상을 구한다.

나는 휘리릭 책을 넘기며 슬쩍 본 겉모습만으로 늑대 할머니를 판단하였다. 그러다 황새 아저씨의 선택을 이해하기 위해 《밥데기 죽데기》를 찬찬히 다시 들여다보니 그의 눈으로 할머니가 보이기 시작했다. 늑대 할머니는 막 세상에 나온 밥데기 죽데기에게 이렇게 이른다. "물처럼 깨끗하고 정직해야" 하고, "꽃처럼 예쁘고 아름다운 귀신이 되어야" 하고 "꿀을 만들어 벌과 나비한테 나눠 주"는 따뜻한 마음씨를 가져야 한다"고 말이다. 할머니는 이렇게도 말한다. 원수를 갚는 일도 중요하지만 그걸로 다 끝낸다면 세상은 망하고 마니까 원수를 갚되 아름답게 깨끗하게 갚아야 한다고. 그래서 할머니는 원수를 찾아 그 원수를 갚는 대신 잘못된 세상을 바꿈으로써 세상에 대한 원수를 깨끗하고 아름답고 정당하게 갚았다. 나보다 세상을 먼저 생각하는 마음, 생명 있는 모든 것들이 행복하게 살기를 바라는 마음, 바로 세상을 구한 늑대 할머니의 마음이다. 황새 아저씨는 일찍이 알아보고, 나는 미처 알아보지 못한 할머니의 참모습이다.

황새 아저씨는 멋지고 잘난 사람, 힘센 사람, 가진 것 많은 사람을 세상의 구원자로 보지 않았다. '가까운 데는 걸어 다니고, 짐승이고 벌레고 함부로 죽이지 않고, 총이나 폭탄을 만들지 않고, 공장에서 더러운 물 흘려보내지 않고, 강과 들을 함부로 파헤치지 않는 사람들'을 세상의 구원자로 보았다. 바로 늑대 할머니 같은 사람들이다. 지금 이 순간 어느 곳에선가, 황새 아저씨가 또 다시 '불쌍한 사람들이 너무 많은 지금 이 세상'을 다시 구할 누군가를 찾고 있다면 이번엔 과연 누구일까? 내가 허투루 본 사람들, 내 눈에 별 볼일 없어 보이는 사람들이 바로 그 사람들일 수도 있겠다. 내게는 겉으로 드러나지 않은 특별함을 가진 사람들을 알아보는 눈이 필요하다. 그 눈을 뒷받침해 주는 마음과 생각의 변화는 더욱 필요하다. 부처 눈에는 부처만 보이고 돼지 눈에는 돼지만 보인다고 하던가. 어찌 보면 내가 다른 사람을 보는 그 눈이 바로 내가 나 자신을 보는 눈이며 내 삶의 수준이기도 한 것 같다. 어떤 눈으로 사람을 바라보고 어떻게 이해할 것인가. 지천명을 바라보는 내게 《밥데기 죽데기》가 던져 준 화두이다.

★
권정생 동화 속 여인네 이야기

똘배어린이문학회에서는 2010년 가을 한 학기 동안 《사과나무 밭 달님》(창비, 1978), 《달맞이산 너머로 날아간 고등어》(햇빛출판사, 1985), 《짱구네 고추밭 소동》(웅진, 1991), 《바닷가 아이들》(창비, 1988), 《먹구렁이 기차》(우리교육, 1999), 《깜둥바가지 아줌마》(우리교육, 1998) 등 권정생의 단편 동화집을 차례로 읽었다. 여기 있는 단편들을 모두 합하니 78편이다.

이렇게 한 학기 동안 꾸준히 읽은 단편 동화들 중에서 무엇보다 내 마음을 끈 것은 여인들 이야기였다. 〈보리이삭 팰 때〉《사과나무 밭 달님》의 탑이 아주머니, 〈뙈리골댁 할머니〉《사과나무 밭 달님》의 뙈리골댁, 〈할매하고 손잡고〉《깜둥바가지 아줌마》의 용이 할머니……. 동화 속 이 여인들은 모두 우리의 언니이고 어머니고 할머니다. 소박하기만 한 여인들이다. 그들의 바람은 보리밥이라도 실컷 먹어 보고, 사람들과 한데 어울려 잘 지내고, 온 가족이 한 울타리 안에서 함께 사는 것이다. 하지만 이 작은 바람조차 가난 때문에, 전쟁과 분단 때문에 이루지 못한다.

한없이 소박했던 세 여인

〈보리이삭 팰 때〉의 탑이 아주머니는 어릴 때 열병을 앓아 앉은뱅이가 되었다. 부모는 죽고 여동생에게는 부담을 주기 싫어 일부러 연락을 끊고 산다. 그래서 이제는 돌봐 줄 가족도 잠잘 곳도 없이 이집 저집에서 끼니를 구걸해 가며 마을의 비각 추녀 밑에서 겨우겨우 살아간다. 흉년이 들면 며칠씩 굶기도 하고, 끙끙 앓아도 누구 하나 들여다봐 주지 않고, 추운 겨울밤에는 외양간 구석에서 소들과 같이 잔다. 그래도 탑이 아주머니는 말한다. "말똥 밭에 굴러도 이승이 좋"다고. 의지할 가족 하나 없는데 무슨 힘으로 고단한 세상살이를 견디는 것이고 무슨 즐거움으로 세상을 사는 걸까. 여리고 착한 탑이 아주머니는 한 줌의 햇볕, 동네 아이들이 머리에 꽂아 주는 진달래 꽃잎 하나가 세상살이의 힘이고 즐거움인 양 한다. 탑이 아주머니는 이 세상을 향해 욕심도, 앙탈도 부리지 않는다. 그냥 자기에게 주어진 삶을 그대로 받아들이고 순종한다. 밥을 얻어먹을 때 사람들에게 모진 소리 들어도 원망 한 번 하지 않는다. 가만가만히 속으로만 삭힌다.

마을의 산과 들에는 활기찬 기운이 퍼지고 보리이삭은 누렇게 익어 갈 때, 탑이 아주머니는 죽고 만다. 간신히 얻어 온 밥에 손도 못 대고 가쁜 숨을 몰아쉬다 죽었다. 보리밥이라도 실컷 먹어 보는 게 소원이던 탑이 아주머니는 그렇게 보리이삭 팰 때 죽는다. 가난은 보리밥이라는 소박한 소원마저 냉정히 외면한다.

그런가 하면 〈똬리골댁 할머니〉에 나오는 똬리골댁은 탑이 아주머니에 비해 훨씬 더 세상살이에 적극적이며 악착같고 암팡지다. 똬리골댁 역시나 거처도 없이 동네 여기저기서 얻어먹고 사는 형편이니 늘 사람들에게 웃음거리가 되거나 업신여김을 받는다. 그렇지만 똬리골댁은 아이들이 "탱자코 할망구" "여우 할망구"라고 놀리면 그냥 지나치지 않고 죽기 살기로 덤비고 욕을 해댄다. 또 아무도 반기지 않아도 동네 아낙들의 삼 삼기에 슬그머니 끼어들어 먹는 재미, 이야기 듣는 재미를 실컷 맛본다. 동네에 하나쯤 있을 법한 밉상이다. 그러나 이 '밉상'이야말로 똬리골댁이 세상을 살기 위해 꼭 필요한 선택이었다. 배가 고파 죽겠고, 추워 죽겠는데 부끄러움을 앞세울 겨를이 있을까. 생존 앞에서 사람은 누구나 밉상이 될 수 있다. 그것은 살기 위한 몸부림이다.

그러나 이처럼 억척스레 살아온 똬리골댁도 전쟁 때문에 죽는다. 똬리골댁은 피난 가지 않았다고 해서, 평소에 입고 싶었던 다른 아낙의 한복을 한번 입어 봤다고 해서, 인민군에 부역하고 도둑질한 혐의로 총살당할 위기에 몰린다. 그러나 마을 사람들 중에 누구도 똬리골댁을 위해 나서 주지 않았다. 그동안 똬리골댁은 마을 사람들의 눈총에도 아랑곳하지 않고 여기저기 잘도 기웃거리며 변죽 좋게 살아왔다. 하지만 이제는 사람들이 두렵고 무서워졌다. 똬리골댁은 이제 요망지고 기운찬 "탱자코 할망구" "여우 할망구"가 아니라 어머니의 따뜻한 품을 그리워하는 어릴 적 "봉순이"가 되었다. 똬리골댁은 사람들이 무서워 마을 공동묘지 뒤에 숨어 지내다 죽었다. 전쟁이 앗아간 가여운 여인이다.

〈할매하고 손잡고〉에 나오는 용이 할머니는 권정생 동화에서 중심을 이루는 여인네들의 대표적인 모습이다. 용이 할머니의 일생은 험난했던 우리 현대사를 대변한다. 용이 할머니 이름은 '놈이'다. 놈이는 산골 마을에서 어머니와 단둘이 살며 징용에 끌려간 아버지를 기다리던 '딸'이었다. 그러다 전쟁이 나고 놈이는 북에서 내려온 인민군 몽이를 만나 그의 '아내'가 된다. 하지만 몽이는 인민군을 따라 다시 북으로 올라가고 어머니는 부역한 죄로 토벌대에 총살당한다. 놈이는 이제 남편도, 어머니도 없이 아들 목이를 낳아 '어머니'가 되었다. 그런데 사람들은 아들 목이를 빨갱이의 자식이라며 욕하고 괴롭혔다. 목이는 그 멸시와 고통을 사람들을 괴롭히는 분노로 드러냈다. 결국 목이는 감옥에서 죽었다. 아들 목이가 죽어 갈 때 그의 아내가 용이를 낳아 놈이는 이제 '할머니'가 되었다. 용이 할머니가 된 것이다.

용이 할머니는 밤마다 꿈속에서 손주 용이의 손을 잡고 분단의 철조망을 넘어가려 한다. 철조망 너머에 살고 있는 용이 할아버지, 몽이를 만나기 위해서이다. 할머니의 간절함에 철조망을 지키는 국군이 길을 터 주지만 곧이어 미군이 쏜 총에 맞아 가시철망 사잇길에 쓰러진다. 용이 할머니는 분단의 철조망이 걷히고 용이 할아버지를 만나는 그날까지 매일 밤 그곳으로 용이와 함께 갈 것이다. 딸(일제강점기)에서 어머니(한국 전쟁)로 할머니(분단 시대)로 이어지는 용이 할머니 이야기는 아직도 이 나라 곳곳에 살고 있는 누군가의 현재이다.

우리 시대의 자화상

말뚱 밭에 굴러도 이승이 좋다던 탑이 아주머니는 보리밥 한번 실컷 먹어 보지 못한 채 죽어서 불쌍하고, 용이 할머니와 똬리골댁은 세상이 그들을 가만히 두었더라면 아무 일 없이 잘 살았을 터인데 전쟁과 분단의 틈바구니에 끼여 시름하고, 제 명을 살지 못해 불쌍하다. 분단의 철조망이 드리워지지만 않았다면 용이 할머니는 용이 할아버지랑 아들 목이랑 손주 용이랑 같이 한울타리 안에서 오순도순 농사지으며 행복하게 살았을 것이다. 똬리골댁 역시 전쟁만 없었다면 별이 눈부신 여름 밤, 누군가의 마당 한구석에 거적을 깔고 드러누워 수 없이 쏟아지는 별을 보며 잠들고, 아침해가 떠오르면 또다시 온 동네를 종종거리며 돌아다녔을 것이다.

권정생 동화 속 탑이 아주머니, 똬리골댁, 용이 할머니 이야기는 지난 과거의 이야기가 아니라 지금의 우리 이야기이기도 하다. 돈이 없어서 병원 한 번 못 가는 쪽방 사람들, 이유 같지 않은 이유로 따돌림 당하는 사람들, 이산가족 상봉의 날만 애타게 기다리는 어르신들의 이야기는 동화 속 여인들과 크게 다르지 않다. 동화 속 세 여인들은 여전히 유의미한 우리 시대의 자화상이다.

★
바보가 더 필요한 세상

〈중달이네 아저씨〉, 《바닷가 아이들》, 창비, 1988

　북한의 식량난이 심각하다. 어제 오늘의 일이 아니다. 북한 인구 3분의 1에 해당하는 900만 명 정도가 배고픔에 시달린다고 한다. 북한은 해외공관을 통해 각국에 식량 지원을 요청하고 있다. 그리고 우리에게도 지난(2010년) 11월에 남북적십자회담을 통해 50만 톤의 쌀을 지원해 달라고 요청했다. 정부는 6자회담 재개, 남북비핵화회담 추진, 천안함과 연평도 포격 사과 등 이런저런 전제조건을 걸고 북한이 먼저 이에 응하면 식량을 지원해 주겠다고 한다. 지금의 정부는 정치적 고려가 아닌 인도적 차원에서 식량을 먼저 지원하자는 사람들의 소리는 아예 들은 체도 않고 있다.

　남한의 쌀 재고량은 150만 톤을 넘었다. 적정 재고량의 2배가 넘는 양이다. 대북 쌀 지원이 중단되고, 2014년 쌀시장 전면 개방 때까지 일정량의 수입쌀을 의무적으로 계속 들여와야 하는 상황까지 겹쳐 재고량은 더 늘어날 거라 보고 있다. 2000년부터 2007년까지 북한에 지원한 쌀이 150만 톤 정도이고 그로 인해 2007년과 2008년에는 쌀 재고량이 줄어들기도 했다고 한다. 쌀 10만 톤을 보관하는 데 드는 비용이 1년에 320억 원이니까, 150만 톤이면 1년에 약 4800억 원 정도

가 드는 셈이다. 쌀도 돈도 제구실을 못한 채 낭비되고 있는 거다.

한쪽에서는 먹을 쌀이 없어 배고픔에 허덕이고 다른 한쪽에서는 넘치는 쌀을 처리 못해 전전긍긍이다. 참으로 기가 막힌 일이다. 그 어떤 정치적 논리보다 사람 사는 도리가 우선이어야 한다는 말이 지금처럼 절실한 때가 없는 것 같다. 권정생은 아무리 좋은 무슨무슨 주의도 인간주의보다 앞서지 못한다고 했다. 그가 말한 인간주의가 뭐 거창한 건가. 배고픈 사람과 조건 걸지 않고 그냥 밥 한 끼 나눠 먹는 거 아니겠는가.

권정생의 단편 동화 〈중달이네 아저씨〉는 지금 남과 북 사이에서 벌어지고 있는 이런 상황을 다시 보게 한다. 중달이 아저씨네 식구들은 모두 바보다. 중달이 아저씨도, 홀어머니도, 마을 사람들이 데려다 준 아주머니도, 구걸하러 왔다가 식구가 된 거지아이 수남이도 모두 바보다.

중달이 아저씨네는 가진 것이 많지 않다. 산 밑 작은 오두막과 골짜기에 있는 밭 두 뙈기가 전부이다. 하지만 어느 날 아버지 없이 고생스럽게 살고 있는 아랫마을 진수네 어머니가 밭 한 뙈기만 있으면 좋겠다고 말하자 그나마 있는 밭 한 뙈기를 거저 떼어 준다. 아무런 조건이 없다.

"밭을 하나 주신다니, 공짜로 주시겠다는 건 아니겠지요?"

"아아뇨, 그냥 드리지요. 우리는 두 개가 있으니 하나 나눠 주려는

겁니다." (27쪽)

마을 사람늘은 중달이네 아저씨가 밭을 과부에게 공짜로 주었다고 말들이 많다.

"중달이가 과부한테 홀딱 반해 버려 밭을 공짜로 주었단다."
"그 진수네 어미 년이 아무것도 모르는 중달이를 꼬여 밭 한 뙈기를 빼앗았다는구먼." (28쪽)

그러나 중달이 아저씨는 동네 사람들이 뭐라 하든 아무렇지 않다. 아저씨가 가진 것의 절반을 뚝 내어주고도 좋기만 하다.

"어머니, 밭을 하나 나눠 주고 나니 참 마음이 즐겁지요?" (29쪽)

중달이 아저씨네 마음이다. 사람들이 바보라 부르는 나누는 마음이다.
이 집 저 집 기웃거리며 먹을 것을 얻어먹고 다니던 열 살짜리 거지아이 수남이를 식구로 받아들였을 때도 마을 사람들은 이렇게 말했다.

"어쩌자고 먹고 살기도 힘든데 거지아이까지 데리고 살까?"
"아무리 바보이지만 참 어처구니가 없군요." (34쪽)

사람들은 중달이 아저씨네를 놀려 주기도 하고 안타까워하기도 했다. 하지만 중달이 아저씨네는 이런 수남이와 함께 밥을 먹어도 굶어도 항상 즐겁다. 어느 날 수남이가 급성 맹장염에 걸려 수술을 받았고 병원비 때문에 남은 밭 한 뙈기마저 팔게 되었다. 중달이 아저씨네는 이제 아무것도 남지 않았다. 하지만 아저씨네는 밭 한 뙈기 없이 어떻게 살아가야 하는가 하는 걱정보다 수남이가 살아 준 것만으로 마냥 기쁘고 행복하다. 중달이 아저씨네 마음이다. 사람들이 바보라 부르는 품어 주는 마음이다. 밭 한 뙈기 없어도 중달이 아저씨네는 서로에게 보리밥 한 덩이를 덜어 주면서 깔깔거릴 것이고, 서로의 얼굴을 마주 보고 앉아 있기만 해도 즐거워 호호거릴 것이다.

자기가 가진 것을 다 내어주고도 기뻐하는 중달이 아저씨네야말로 바보가 아니라 보통이 넘는 사람들인 거다. 어찌 보면 세상을 행복하게 살 줄 아는 참 똑똑한 사람들이다. 그들은 밭 한 뙈기로 나누는 기쁨을 알고, 밭 한 뙈기로 생명을 살리는 행복을 안다. 나눔을 가장 단순하게 실천한 사람들이 중달이 아저씨네다. 내가 두 개 있으면 필요한 사람에게 하나 주고, 내게 하나밖에 없어도 더 절실한 사람이 있으면 그마저 내어준다. 중달이 아저씨네는 그냥 사람 사는 이치대로 이렇게 산다.

북한에 쌀을 보내는 게 생각하는 사람에 따라 아주 어려울 수도 쉬울 수도 있다. 사람들이 쌀이 없어 굶어 죽는다는데 남아도는 쌀을 같이 나눠 먹으면 좋지, 라고 생각하면 중달이 아저씨가 밭 한 뙈기 선뜻 내어준 것보다 더 쉬운 것이고, 내가 보낸 쌀이 군량미가 된다고 생각하면 어려운 것이다. 우리 식구 먹고 살기도 힘든데 남의 식구까지 먹여 살려야 한다고 생각하면 배고픔을 못 이겨 탈북한 사람들에게 따가운 눈총을 보내는 것이고, 그들에 대한 안쓰러운 마음이 앞선다면 중달이 아저씨가 수남이를 선뜻 가족으로 품었듯이 우리에게도 힘이 되는 사람들이 더 생기는 것이다.

지금은 내 것을 조건 없이 내어줄 수 있는 바보, 사람 사는 이치대로 살아가는 그런 바보들이 참 많이 필요한 세상이다.

권정생이 쓴 시 한 편을 옮겨 적는다. 가만가만 읽어 보면 좋겠다.

밭 한 뙈기

사람들은 참 아무것도 모른다
밭 한 뙈기
논 한 뙈기
그걸 모두
'내' 거라고 말한다.

이 세상
온 우주 모든 것이
한 사람의
'내' 것은 없다.

하느님도
'내' 거라고 하지 않으신다,
이 세상
모든 것은
모두의 것이다.

아기 종달새의 것도 되고
아기 까마귀의 것도 되고
다람쥐의 것도 되고
한 마리 메뚜기의 것도 되고

밭 한 뙈기
돌멩이 하나라도
그건 '내' 것이 아니다.
온 세상 모두의 것이다. 《어머니 사시는 그 나라에는》, 지식산업사,
1988, 44-45쪽)

- 계간《어린이문학》2011년 여름호에 실린 글

김영미

난 매일 달을 보며 퇴근한다. 멀리 있다는 목성도 화성도 다 우리 학교 가까
이에 산다. 서울에서는 절대로 볼 수 없던 자운영 꽃도 봄이면 논가에 천지다.
쓸쓸히 혼자 보는 달도 좋지만 늦은 밤 아이들 배웅을 받으며 함께 보는 달도
좋다. 난 권정생 선생님처럼 살 순 없어도 권정생 선생님처럼 문만 열고 나가
면 찔레꽃 싸리꽃 엉경퀴 잔대꽃 지천인 그런 마을에 살고 싶었다. 권정생 선
생님은 작은 풀꽃, 작은 벌레 한 마리 다 이름을 불러 주며 살아오셨다. 이제
나만 그렇게 살면 된다. 나에게 꽃인 아이들 이름을 불러 주면서.

- 1963년 전북 진안에서 태어남.
- 어린이도서연구회 어린이문학연구분과, 상담실, 총무국에서 활동했다.
- 어린이도서연구회 역사편찬위원 지냄.
- 지금은 충남 금산의 대안학교 '레드스쿨'에서 '책 읽기' 코치로 아이들과 함께하고 있다.

★
아홉 살 우리 엄마
《몽실 언니》, 창비, 1984

난 이제까지 한 번도 《몽실 언니》를 읽고 글을 쓴 일이 없다. 권정생 동화를 읽는 모임 똘배어린이문학회에서 평생 권정생 동화를 읽고 글을 쓰는 일을 하자고 마음먹고서도 그의 대표작인 《몽실 언니》만은 읽고 글을 쓸 수가 없었다. 말 그대로 '감히'였다. 선생님의 모든 책은 한 번씩은 다 글로 쓴 것 같은데 《몽실 언니》만은 그럴 수가 없었다.

어린 딸 몽실이 손을 잡고 이제부터는 절대 배 안 고프게 해주겠다고 다른 남자에게 시집간 친엄마. 아기를 가진 새엄마가 굶어 죽을까 봐 하루종일 산나물을 캐 죽을 끓이는 몽실이. 굶어 죽는 새엄마 북촌댁. 그리고 가족의 목숨을 위해 스스로 거지가 되어 밥을 구걸하는 몽실이. 그 밥을 그냥 받아먹어야 하는 몽실이 아버지. 《몽실 언니》에는 몽실이뿐만 아니라 몽실이 목숨을 구해 주는 착한 인민군이 나오고 갈 데 없는 몽실이 자매를 거두어 주는 양공주 최금련이 나온다. 누구도 피할 수 없는 전쟁과 전쟁 속 사람들. 그 사이에서 몽실이는 이해할 수 없었던 자기 앞의 삶을 오롯이 받아들이며 인생길을 걸어 나간다.

사실 몽실이 이야기는 엄마에게서 이미 다 들은 이야기들이었다.

엄마는 내가 아주 어릴 적부터 이야기를 많이 들려주셨다. 우리 엄마는 이야기가 참 많았다. 모든 이야기의 시작은 다 엄마가 아홉 살 때 겪은 전쟁이었다. 몽실이와 같은 나이 아홉 살 때 겪은 6. 25 전쟁과 1. 4 후퇴 피난길이 엄마를 이야기꾼으로 만들었을 것이다. 지금도 대구 이모네 집을 갈 때면 지나가게 되는 문경새재, 상주 이정표만 나와도 그 추웠던 피난길 이야기를 시작으로 전쟁 이후 가족 이야기가 시작된다. 나는 커 가면서 점점 안 듣는 척하면서도 무심결에 그 이야기를 다 들어야 했다.

우리 엄마 고향은 충청북도 단양이다. 엄마는 지금도 한 달에 한 번 시골 학교 동창회 모임을 나가시는데 일 년에 한두 번은 꼭 아줌마들과 여행을 가신다. 그런데 이 여행 이야기가 참 재미있다. 엄마와 친구 분들은 어디든 여행을 가면 꼭 고향 단양이랑 비교하는 것은 물론이고 심지어 어떤 곳에 가서는 차에서 내리지도 않는다고 한다. 시시해서. 단양에 가면 이런 곳은 쌔고 쌨다고, 그러니 시시해서 못 보겠다는 거다. 엄마에게 진달래는 소백산 진달래가 최고이고 산나물도 바위도……. 내가 아직 이렇게 건강한 것도 다 어릴 적 고향에서 먹은 나물과 물 때문이라고 하신다. 이런 고향을 엄마는 육십이 훨씬 넘어서야 다니기 시작했고 사실은 아주 오랫동안 잊고 사셨다. 사는 게 바빠서만은 아니었다.

우리 엄마에게 엄마의 아버지는 자랑스러움이었고 어머니는 부끄러움이었다. 엄마의 기억이 그랬다. 엄마는 아버지를 평생 그리워했지만 예순이 넘으셔서야 솔직하게 어머니가 그립다고, 보고 싶다고 혼자 눈물지으셨다. 아니 나에게 그 모습을 들키셨을 뿐이던가. 하지만 엄마와 달리 나에게 외할머니는 씩씩한 여장부셨다.

일제 때 일본 여행을 마음대로 다니실 정도로 자유로웠고 한때 사상적으로 박헌영을 따라 다니신 외할아버지는 그 일로 경찰에 잡혀 고초를 당하시다가 6. 25 얼마 전에 돌아가셨다. 전쟁이 났을 때 나이 서른에 외할머니는 과부가 되어 시어머니와 시동생 시누이 줄줄이, 그리고 아홉 살 어린 딸인 우리 엄마와 외삼촌, 막내이모를 데리고 피난을 떠나셨다.

피난 갈 때 엄마는 아버지가 남겨 주신 일제 가죽 수첩과 지갑, 안경 등을 고이 간직하려 피난 보따리에 챙겨 넣었다. 쌀과 미숫가루 대신에 말이다. 물론 이 유품은 곧 피난길에 양식이 되었고 엄마는 원통해했지만 그건 시작에 불과했다. 전쟁 앞뒤로 쌀 한 가마 값이었다던 마이신 한 알이 없어 막내이모는 피난길 열병에 사시가 되었고 외삼촌은 고향에 돌아와 얼마 뒤 죽고 말았다.

엄마에게는 노근리 사건같이 지금에야 밝혀지는 양민 학살은 물론 한밤중에 집 앞에서 벌어진 총격전을 다 봐야 했던 일도 충격이었지만, 사실 전쟁 이후가 더 문제였다. 전쟁도 길었지만 전쟁 이후는 참으로 길었다. 논 한 뙈기 없이 읍내에 살았던 외할머니는 정말 먹고 살 일이 막막했을 것이다.

"왜 할머니는 삯바느질 안 했어? 책이나 드라마 보면 이럴 땐 다 삯바느질하던데."

책이나 영화로만 전쟁을 알았던 난 고작 이렇게 딴소리로 엄마 이야기를 따라갈 뿐.

외할머니는 어린 자식들과 시어머니를 읍내에 남겨 두고 중앙선 철길을 따라 오르락내리락하며 행상을 시작하셨다. 장날을 따라다니시다가 지나는 길에 한번 들르면 또 몇 달이고 소식이 없고. 그 사이에 집안의 장손인 외삼촌이 병에 걸려 죽자 엄마와 엄마의 할머니는 외삼촌을 광주리에 담아 이고 야밤에 산에다 몰래 묻어야만 했다. 개구리 알을 먹으면 나을 수 있다는 소리에 엄마는 몽실이가 몇 날 며칠 산나물을 캐듯 개구리 알을 찾아 다녔지만, 이렇게 동생을 자기 손으로 직접 묻고 말았다.

어쩌다 한 번 외할머니가 동네에 오면 동네엔 왜 그렇게 안 좋은 소문이 났는지. 이게 또 싫어서 엄마는 외할머니에게 온갖 패악을 다 떨었다고 하는데 얼마 후 외할머니는 새외할아버지를 만나 다시 가정을 꾸리셨다. 이때부터 엄마는 아주 오랜 동안 고향을 잃고 여기저기를 떠돌아야 했다.

엄마는 내가 아주 어릴 적부터 이 이야기들을 하고 또 했다. 외할머니에 대한 아쉬움을 그대로 다 실어서 말이다. 삯바느질이 전혀 어울리지 않는 외할머니는 돌아가시기 전까지도 공장에 다니시고 동네 아저씨들이랑 술도 마시며 사셨다. 나는 내 엄마가 아니라서 그런지 모르겠지만 그런 할머니가 정말 아무렇지도 않았다. 생선 또는 그 무엇을 머리에 이고 강원도, 경상도를 누볐을 할머니, 많은 스캔들(?)로 엄마를 속 끓이게 했던 그 솔직한 할머니를 난 정말 다 이해할 수 있었다.

사실 다《몽실 언니》덕이다. 나에게 전쟁은 교과서에서 배운 대로

였지만《몽실 언니》를 읽으면서 온 민족이 겪은 전쟁, 그 민족 가운데 바로 우리 엄마, 할머니가 있었음을 알게 되었다. 아홉 살 우리 엄마가 바로 '몽실이'였던 것이다.

나에게《몽실 언니》를 읽는 일은 엄마와 할머니의 삶을 다 받아들이는 일이고 여기서 시작된 내 삶을 온전히 인정하는 일이었다. 엄마와 할머니의 삶을 이해하면서 난 나를 제대로 보았고 비로소 내 자리를 찾기 시작했다.

우리 엄마는 자신의 삶을 어린 딸에게 들려주면서 아마도 자신에게 이야기했을 것이다. 원망스런 할머니를 이제 풀어내고 싶었던 것이리라. 그러니까 이야기는 남에게 들려주는 것이 아니라 사실은 자신에게 하는 것이다.

옛날부터 이야기를 좋아하면 가난하게 산다고 했다. 권정생 선생님은 가난하셨다. 선생님의 동화 주인공들도 다 가난했다. 가난한 그들과 같지 않으면 그 이야기를 다 들어 줄 수 없었을 것이다. 누군가의 이야기를 들어 주려면 그들과 같아야 한다. '나' 없이 '그들'의 이야기를 들어 주어야 할 것이다.

나는 오늘도 아이들을 만나러 간다. 권정생 선생님이 몽실 언니 이야기를 들어 준 것처럼 나도 그들의 이야기를 잘 들어 주어야 할 터인데……

★

하느님은 우리 옆집에 없다

《하느님이 우리 옆집에 살고 있네요》, 산하, 1994

신문에서 강정마을 기사를 보았다. 마을에 급하게 변호사가 필요하다는 것이다. 학생들이, 수녀들이 경찰에 연행되었는데 제대로 된 법률적 도움을 줄 사람이 없다는 것이다.

지난 연말 며칠 동안을 강정마을에서 보내고 왔다. 정신없이 사느라 함께하지 못한 미안함을 안고 강정마을에 들어가는데 길이 통제가 되어 다른 마을로 돌아가게 되었다. 마을에 도착해서 보니 항의하는 학생들을 강제 연행하느라 경찰이 길을 막고 있었다. 통제, 경찰차, 연행…… . 너무 오래된 기억 속의 일들이 우리나라 남쪽 땅 끝에서 아직 일어나고 있다.

세상에 변호사가 얼마나 많은데, 변호사가 필요하다고 신문에서 구하고 있을까? 세상에 변호사는 많겠지. 하지만 강정마을에 변호사는 살고 있지 않을 것이다. 아니, 강정마을 이웃에 변호사는 살고 있지 않겠지. 한 명의 대학생 친구가 필요했다던 전태일도 떠올랐다. 대학생은 많았으나 전태일 옆에는 없었던 대학생 친구.

전쟁. 전쟁. 하루도 전쟁이 멈추지 않는 세상! 권정생 동화 속 하느님과 그의 아들 예수는 세상이 너무 걱정스러운 나머지 더 이상 하늘에 가만히 앉아 있을 수가 없었다. 도대체 인간 세상은 왜 그리 전쟁이 멈추지 않는지. 왜 서로 싸우고 미워하는지.

그래서 하느님은 직접 땅으로 내려가 보기로 한다. 그렇다고 뭐 특별히 계획한 일도 생각한 일도 없다. 그저 왜 이렇게 사람들이 내가 만든 아름다운 세상에서 서로 평화롭게 살기가 어려운 것인지 두 눈으로 직접 보고 그 까닭을 알고 싶었던 것이다. 왜 하루도 전쟁이 멈추지 않는지 직접 보고 싶었던 것이다. 그래서 이 땅에 한번 내려가 보기로 한다. 하루도 전쟁이 멈추지 않는 이스라엘 땅 예루살렘으로 말이다.

그런데 하느님과 아들 예수의 계획은 이 땅에 발을 내딛는 순간부터 엉망이 되었다. 하느님 생각대로 되는 일이 하나도 없었다. 하느님은 이스라엘로 내려가서 대체 그들은 왜 이렇게 날마다 싸우는지 직접 알아보고 싶었으나 이스라엘은커녕 한국하고도 경상도, 경상도에서도 시골 수박밭으로 떨어지고 말았다. 다 바람 때문이었다. 전지전능한 하느님이 고작 바람 때문에 떨어지고 싶은 곳에 떨어지지 못하고 엉뚱한 곳에 떨어지고 말았다니…….

시골 수박밭에서 시작된 하느님과 아들 예수의 세상살이는 누가 봐도 영락없는 거지 꼴이었다. 옷도 없고 잠잘 곳도 없고 당장 먹을 것도 없었다. 하느님은 이렇게 해서 거지가 되었다. 하루아침에 하느님 아버지와 아들에서 거지가 되어 시작한 세상살이는 그 다음 시골 일용직 날품팔로, 도시 철거민이 되었다가 청소부로, 그 다음 행상으로 이어진다. 다 계획에 없던 일들이다.

하느님도 예수님도 세상살이가 힘들기만 하다. 하느님도 예수님도 마음대로 안 되는 세상! 어쩌지 못하는 세상! 세상은 그런 곳이었다. 그러년 이제 하느님도 세상 물정을 좀 아셨으려나. 그런데 가만 보니 하느님 옆에는 항상 누군가가 함께 있다. 혼자가 아니다. 하느님 옆에는 어느새 과부 과천댁이 있고 고아 소녀 공주가 있다. 하느님에게 옆집이, 이웃이 생긴 것이다. 아니, 처음부터 이들과 함께하려고 이들의 이웃이 되려고 이들과 똑같은 모습으로 오셨던 것인가?

그래서 하느님은 지금도 세상을 사랑하시기 때문에, 세상을 구원하기 위해 우리 곁에서 가난하고 가장 힘들게 사실 것입니다. 하느님 나라가 이 땅에 이루어질 때까지 보이지 않는 곳에서 그렇게 사실 것입니다. ('글쓴이의 말'에서)

그래서 하느님은 가난한 사람들 옆집으로 오셨다. 바람 탓이 아니다. 무엇이 세상을 구원하는 일인지 잘 모르겠지만 우리 곁에서 가난하고 가장 힘들게 사시겠다고 이 땅에 오신 것이다. 하느님이 원래 가장 사랑한 사람은 과부와 고아였다. 그래서 성경 속에서 누누이 당부에 당부를 하셨다. 너희들은 고아와 과부를 도와주고 그들과 함께하는 이웃이 되라고 말이다. 하느님은 성경에서 말한 그대로 이 땅에 내려와 그들의 이웃이 되셨다. 고아와 과부의 이웃이 되려고 철거민에 행상에 거지 그리고 옥에 갇힌 모습으로 이렇게 오신 것이다. 이들의 이웃이 되려고 말이다. 그런데 오늘 하느님은 이웃에게 아무것도 해

줄 수가 없다. 전지전능이 마음뿐이다. 다만 그들과 함께 있어 줄 수 있을 뿐이다. 그들의 기도를 들어는 주었지만 들어주지는 않았다. 고민 끝에 말이다.

일주일 가까이 강정에 머물렀다. 생명평화연대에서 단식 모임도 하고 중간중간에 올레길 7코스도 걷고……. 사실 우리가 강정마을에서 한 것은 아무것도 없다. 구럼비에 들어가지도 못하고 방파제에서 아침마다 100배의 평화 기도를 올렸을 뿐이고, 저녁이면 마을회관에 모여 마을 사람들과 함께 있었을 뿐이다. 우리가 머물렀던 마을회관에는 이런 기도문이 있었다.

"하느님, 올해도 저의 기도를 들어 주서서 고맙습니다.
그리고 더 많은 기도를 들어주시지 않으셔서 더욱 감사합니다."
(김교신의 기도문 가운데서)

하느님은 고민 끝에 가난한 옆집 사람들의 기도를 들어주지 않았다. 아무 힘도, 기적도 베풀지 않았다. 그들과 함께 있었을 뿐이다. 나도 생각해 본다. 하느님이 내 기도를 다 들어주신다면 어떻게 될까? 그래, 끔찍하다. 모두의 기도가 이루어진 세상!

오늘 하느님이 오신다면 어디에 오실까? 누구의 이웃으로 오실까? 강정마을을 생각하며 나도 하느님께 조용히 말을 걸어 본다.

★

아이들은 노래를 부르며 산다

《점득이네》, 창비, 1990

온달 같은 우리 엄마야

복남아 울지 말고 어서 자거라.

너가 울면 누나 눈에 눈물 난단다.

우리도 어머님이 살아 계시면

남과 같이 때맞추어 밥 주시련만

불러도 어머님은 왜 안 오시나요.

온달 같은 우리 엄마야

반달 같은 나를 두고

저승길이 얼마나 먼지

한번 가면 못 오시나요.

산이 막혀 못 오신다면

비행기를 타고 오세요.

물이 막혀 못 오신다면

연락선을 타고 오세요.

길이 멀어 못 오시면은

기차 전차 타고 오세요.

뚜벅뚜벅 발자국 소리

우리 엄마 발자국 소리. (구전 노래)

우리 동네 노래

권정생 선생님의 동화《점득이네》를 처음 읽었을 때 그 내용도 내용
이지만 주인공 점득이와 친구들이 부르는 노래 때문에 많이 놀랐다.
내가 어렸을 적 우리 동네 아이들이 만든 우리 동네(?) 노래인 줄 알
았는데 점득이네 동네 아이들이 훨씬 먼저 부르고 있었던 것이다. 나
는 제목도 모르고 그냥 가사 첫 줄을 제목 삼아 '온달 같은 우리 엄마
야'로 알고 아주 오랫동안 불러 왔는데, 나보다 훨씬 먼저 불렀던 아
이들이 있다니!

이 노래와 처음 만났던 때를 기억한다. 초등학교 2학년이었는데 이
노래를 가르쳐 준 동네 언니는 "내가 전에 살던 동네에 엄마가 죽은
아이가 있었는데 말이야……" 하며 속닥속닥 이 노래에 얽힌 사연과

노래를 가르쳐 주었다. 그때 난 동네 언니들이랑 모이면 하루 종일 땅바닥에 철퍼덕 앉아 흙장난을 했다. 무릎을 모아 세우고, 치마 감아 올리고, 녹슨 못 하나씩 들고 땅바닥에 네모 칸을 그리면서 놀았다. 흙장난이 심심해졌을 때쯤 그 언니는 누가 들으면 안 된다는 듯, 누구에게도 말하면 안 된다는 듯, 귀에 대고 소곤소곤 비밀스럽게 이 노래에 얽힌 사연을 들려주었다. 전에 살던 동네 누구누구라고, 사촌언니한테 들었다고, 그러니까 이 노래가 사실이란 얘기였다. 노래, 이야기, 모두 진짜라니 어린 나는 얼마나 감동을 했을까?

그 덕분에 나는 한 아이를 알게 되었다. 온달 같은 엄마를 잃은 반달 같은 아이 말이다. 저승길을 떠난 엄마가 올 수 없음을 너무 잘 알고 있으면서 비행기라도 타고 오라고 노래 부르는 그 아이를 생각하면서 참 원통해했다. 아무리 봐도 슬픈 이 노래가 왜 그리 가슴에 오래 남았는지 모를 일이다. 슬픔처럼 사람의 마음을 움직이게 하는 것이 있을까! 이 슬픈 아이 이야기는 나에게 이렇게 전설이 되어 남아 있다.

그런데 이 슬픈 노래를 권정생 동화《점득이네》속에서 만났으니 얼마나 놀랍던지! 내가 살던 동네 한 아이의 이야기인 줄 알았는데 이십 년 전 점득이네 마을 아이들이 이미 이 노래를 부르고 있었다. 점득이네 마을 아이들은 모여 앉으면 노래를 불렀다고 한다. 이 노래뿐만 아니라《점득이네》이야기 속에서 아이들은 노래를 참 많이 부른다.

삶의 노래

한국전쟁 때 비행기 폭격으로 두 눈을 잃은 점득이는 고아가 되어 누나와 함께 거리에서 노래를 부른다. 그러니《점득이네》에는 노래가 많이 나올 수밖에 없다. 〈가거라 삼팔선〉 같은 유행가, 〈노들강변〉 〈도라지〉 같은 민요, 찬송가, 그리고 내가 잘 알지 못하는 〈토벌가〉 등에 이르기까지 말이다. 씩씩한 노래도 있지만 대부분은 슬픈 노래들이다. 전쟁을 겪으며 고향을 잃고 고아로 거리에서 살게 된 아이들이니 어찌 기쁜 노래를 부를 수 있었을까?

아이들이 부르는 노래 속에는 아이들의 삶이 다 들어 있다. 아이들은 노래로 자기 삶을 풀어낸다. 노래란 말이 놀이에서 왔고 놀이는 아이들의 삶인데 전쟁으로 놀이를 잃어버렸으니 아이들의 노래는 고스란히 전쟁 속 삶의 노래였다. 이렇게 아이들은 노래를 부르며 산다.

《몽실 언니》에 이은 권정생 선생님의 대표적인 장편 동화《점득이네》는 우리 모두가 기억하고 싶지 않은 전쟁과 분단을 이야기하고 있다. 그것도 전쟁의 가장 큰 피해자인 아이들의 눈으로 말이다.

우리 세대에게 6. 25 전쟁에서 북한 인민군은 무조건 나쁜 놈이고 우리는 피해자였다. 6. 25 전쟁을 다룬 이야기는 남과 북, 선과 악 이분법에 익숙한 것들뿐이었다. 하지만《점득이네》속 6. 25는, 아니 권정생 동화 속 전쟁은 내가 알던 전쟁과 전혀 다른 전쟁이었다. 점득이 아버지는 해방된 조국으로 돌아오다 소련군이 쏜 총에 맞아 죽고 점득이 엄마는 미군의 계획된 비행기 폭격으로 죽는다. 이 전쟁은 시작부터 끝까지 우리의 뜻과 상관없이 강대국의 이익에 따라 시작된 전쟁이었고 누가 이기고 누가 지는 것이 아니라 사람이 사람을, 형제가 형세를 죽고 죽이는 가장 참혹한 전쟁이었다. 모두가 피해자인 것이다.

그리고 그 전쟁 속에 가장 힘없는 아이들이 있었다. 그 아이들이 노래를 부른다. 어쩔 수 없이 겪은 전쟁의 아픔을 담아서 말이다. 점득이뿐만 아니라 《점득이네》에 나오는 아이들에게는 모두 전쟁의 상처가 있다. 징용으로 일본에 끌려간 아버지의 소식도 모르는 아이, 두 눈을 잃고 버려진 아이, 휴전선으로 고향을 잃고 거지가 된 아이들⋯⋯. 그런 아이들이 모여 노래를 부른다. 무섭고 고달프고 배가 고팠지만 아이들은 모이면 노래를 불렀다. 아마 저절로 노래를 만들어 냈을 것이다. 권정생 동화에는 이렇게 그 시대 아이들 삶을 말해 주는 노래가 많이 나온다. 결코 꾸미거나 숨길 수 없는 아이들 삶의 노래가.

일본아 동경이 얼마나 좋아서어어
꽃 같은 나를 두고 왜 안 오시나요. (76쪽)

징용으로 끌려간 아버지를 찾으러 갔다가 돌아오지 않는 어머니. 그 어머니 아버지가 원폭으로 돌아가셨다는 소문 속에 판순이가 부르는 노래. 아픈 누나를 위해 길에서 노래를 부르기 시작한 점득이는 결국 거리의 가수가 되어 고향에 돌아가지 못하고 오늘도 거리에서 노래를 부른다.

오늘도 노래는 계속된다

초등학교 2학년 나에게도 슬픈 일이 일어났다. 70년대 초 내가 살던 서울 용산 한강변 시민 아파트 앞에는 하꼬방으로 된 철거민 촌이 있었는데 어느 날 밤 그 얼기설기 얽힌 판자촌 철거민 마을에 불이 났다. 나는 5층 아파트 난간 사이로 한 동네가 불타는 모습을 다 지켜보았다. 다음 날 한 동네가 하루아침에 감쪽같이 사라졌고 노래를 가르쳐 준 그 언니도 어디론가 사라졌다.

군인이었던 아버지 부대를 따라 나도 곧 서울을 떠나 여기저기 옮겨 살게 되었고 떠나 온 곳을 그리워하며 밤마다 달을 보고 청승스럽게 "온달 같은 우리 엄마야 반달 같은 나를 두고……" 하는 이 노래를 불렀다. 그리고 학교에서 쉬는 시간이면 뒤돌아 앉아 뒷자리 아이들에게 속닥속닥 이 노래에 얽힌 옛날이야기를 들려주었다. "전에 살던 동네에 엄마를 일찍 잃은 아이가 있었는데 말이야……" 하면서.

50년대 전쟁에서 부모를 잃은 아이들이 부르던 이 노래를 70년대 초 하루아침에 판자촌이 헐리면서 집을 잃고 어디론가 사라진 언니를 생각하며 여기저기 옮겨 다니며 살아야 했던 내가 불렀다. 점득이네 아이들이 부르던 노래에 사연 하나를 더하면서, 이렇게 내 노래로 만들면서 말이다.

미리 써 놓은 유언장

《도토리 예배당 종지기 아저씨》, 분도출판사, 1985

"아저씨, 아저씨도 어서 죽으셔요.

그래서 나하고 함께 바람도 되고 구름도 되고 빗방울도 되어 함께 춤추고 놀아요. 가 보고 싶은 산 너머 마을도 가보고, 시원한 태평양 바다에도 함께 가요.

아저씨네 어머니도 아버지도, 바람이 되어 날아다니고 있어요."

(168쪽)

도토리 예배당 종지기 아저씨랑 함께 살던 생쥐가 먼저 죽어 종지기 아저씨에게 보낸 편지입니다. 종지기 아저씨 보고 어서 죽으라 하네요. 어서 죽어 바람도 되고 구름도 되어 함께 춤추고 놀자 하네요. 생쥐의 말처럼 종지기 아저씨, 그러니까 권정생 선생님은 돌아가셨습니다. 벌써 여러 해가 지났습니다.

아저씨의 몸이 얼마나 아픈지를 알고 있는 생쥐일 텐데 감히 아저씨 보고 어서 죽으라 합니다. 아니, 권정생 선생님의 마음이 그랬을 것입니다. 죽고 싶은 만큼 아팠으니 어서 죽어 바람도 되고 빗방울도 되어 함께 춤추고, 가 보고 싶은 곳 마음껏 날아다니고 싶었을 것입니다.

생쥐의 편지를 읽자니, 이제 선생님은 바람이 되어 맘껏 날아다니시 겠지만 새삼 선생님의 삶을 돌아보게 됩니다.

선생님의 글 모음집 《우리들의 하느님》(녹색평론사, 1996)에 보면 선생님이 종지기 할 때 이야기들이 나옵니다. 전쟁 후 아픈 몸으로 떠돌이 거지 생활을 마치고 고향으로 돌아와 교회 문간방에서 살며 예배당 종지기가 된 이야기. 그 작은 시골 교회에서 종지기를 하면서 시골 사람들과 함께 살아온 이야기가 오롯이 담겨 있습니다.

60년대 말부터 1983년 오두막을 지어 나올 때까지 교회에서 종을 치면서 만난 6, 70년대 시골 교회 이야기는 지금은 상상도 할 수 없는 것들입니다. 너나없이 가난한 교인들이 스스로 장부에다 얼마얼마 적어 놓고 교회에 들어온 헌금을 도리어 꾸어 가는 이야기며, 추수감사절에는 직접 농사지은 것으로 감사 헌금을 내는 이야기, 추운 겨울 새벽 기도에 오신 할머니들이 기도하고 돌아간 자리에 아침이면 눈물이 얼어 햇살에 반짝이던 이야기 등은 읽을 때마다 감동을 줍니다. 이렇게 하루하루가 눈물이었고, 이 눈물이 곧 기도였던, 가난하지만 거짓 없이 마음을 나누고 살던 모습들 속에 작은 예배당 종지기 아저씨가 있습니다.

선생님의 동화는 이 작은 교회 문간방에서 시작되었고 여기서 만난 이웃들의 삶은 고스란히 선생님의 동화가 되었습니다. 첫 작품 〈강아지 똥〉도 《몽실 언니》도 다 이 교회 문간방에서 만난 사람들 이야기입니다. 《도토리 예배당 종지기 아저씨》도 마찬가지입니다.

어느 날 밤, 종지기 아저씨와 생쥐가 하느님을 만나러 하늘나라에

갑니다. 그러고는 천사에게 하느님을 보여 달라고 합니다.

"그래 어떤 하느님을 만나보고 싶으십니까?"

(…) "어떤 하느님이라뇨?"

(…) "하느님이 하도 많아서 어떤 하느님을 만나러 오셨는지 여쭈어 본 것입니다."

(…) "한국에서 오셨으니 한국의 하느님을 만나시겠지만, 그 가운데서도 서울 하느님이 계시고 시골 하느님이 계시고, 서울 하느님만도 수백이 넘는데 대체 어느 하느님을 만나시렵니까? (102쪽)

아! 하늘에 하느님이 너무 많습니다. 사람들 모두 자기가 원하는 대로 하느님을 만들고 있기 때문이랍니다. 이런 하느님 저런 하느님이, 여기에도 하느님 저기에도 하느님이 있습니다. 절대로 아프지 말고 죽지도 말고 죽어 썩지도 말고……. 이렇게 사람들의 욕심 속에 하느님이 만들어지고 있는 것입니다.

"자, 지옥을 구경하십시오."

(…) "어머나! 저건 합중국이라는 나라에 있는 국회 의사당이잖아요?"

(…) 도대체 지옥을 보라고 해 놓고선 왜 지구 위에 있는 커다란 집 구경을 시키는지 알 수 없는 일이었습니다.

(…) "천사님, 지옥 구경을 시켜 준다 해 놓고 왜 저런 것만 보여 주

십니까? 얼른 지옥을 보여 주십시오."

(…) "참 답답하십니다. 이게 지옥의 시작입니다. 저 집에서 모두 지옥을 만들어 내고 있으니까요."(112쪽)

종지기 아저씨와 생쥐가 이번에는 지옥을 보러 갑니다. 그런데 지옥도 천국처럼 하늘에 있지도 않고, 죽어서 가는 곳도 아니라 합니다. 지옥은 바로 전쟁을 만들어 내는 곳이었습니다. 이제 보니 하느님도 지옥도 다 사람이, 사람의 욕심이 만들고 있습니다. 이렇게 지옥을 다녀온 종지기 아저씨는 일주일을 앓아야 했습니다.

도토리 예배당 종지기 아저씨는 다시 종을 칩니다. 더 열심히 종을 쳐야 합니다. 욕심의 하느님을 어서 그만 만들라고, 전쟁으로 지옥을 그만 만들라고, 어서어서 멈추라고 말입니다.

선생님은 이렇게 새벽마다 예배당 종을 울렸습니다. 종을 울리는 일은 권정생 선생님이 힘겹게 한 자 한 자 써 내려간 동화이고 이 동화는 선생님의 기도였습니다. 그리고 바로 선생님의 유언이었습니다. 그런데 종소리가 더 이상 울려 퍼지지 않습니다.

선생님이 돌아가시고 《도토리 예배당 종지기 아저씨》 이야기를 다시 읽자니, 선생님에게 동화를 쓰는 일이란 바로 우리에게 종을 울리는 일이었음을 알겠습니다. 종이 울리면 멈춰야 합니다. 옷깃을 여미고 뒤돌아 봐야 합니다. 지금 멈추지 않으면 뒤돌아서지 않으면 모두 전쟁이라고……. 그런데 아무도 종소리를 듣지 않은 것이 분명합니다. 모두들 선생님을 안다고 하지만 선생님이 울리는 종소리는 듣지 않습니다.

선생님 장례식에서 누군가 울음으로 읽던 유언이 생각납니다.

하느님께 기도해 주세요.

제발 이 세상, 너무도 아름다운 세상에

사람이 사람을 죽이는 일은 없게 해달라고요.

제 예금 통장 다 정리되면

나머지는 북측 굶주리는 아이들에게 보내 주세요.

제발 그만 싸우고, 그만 미워하고

따뜻하게 통일이 되어 함께 살도록 해주십시오.

중동, 아프리카 그리고 티벳 아이들은

앞으로 어떻게 하지요.

기도 많이 해주세요.

안녕히 계세요.

정생(正生)

《도토리 예배당 종지기 아저씨》는 1985년도에 발표한 동화입니다. 그런데 마치 어제 쓰신 것처럼 오늘을 이야기하고 있습니다. 1985년 이후의 세상을 예언하는 듯 전쟁은 더욱 우리 가까이 있는 현실이 되었습니다. 틀렸어야 할 예언입니다. 선생님이 남기신 유언은 그대로 예배당 아저씨가 울리던 종소리 그대로입니다. 선생님이 20년 훨씬 전에 쓰신 《도토리 예배당 종지기 아저씨》 이야기는 선생님이 남기신 유언과 하나도 다르지 않습니다.

　선생님 유언을 읽자니, 유언은 하루하루 살면서 만들어 내는 것임을 알게 됩니다. 또한 남겨진 사람들이 하루하루 삶 속에서 지켜야 하는 것임을 알게 됩니다.

　이제 선생님을 골려 먹던 생쥐도 죽고 생쥐의 바람처럼 선생님도 돌아가셨습니다. 생쥐는 죽어 사과나무 아래서 썩어 하나의 사과가 되었을 것이고 선생님은 한줌의 바람이 되고 구름이 되어 스스로 계시는 하느님처럼 스스로에게 돌아가셨습니다.

　오늘도 평화로운 날을 기억하며 종이 울립니다.

　어서어서 전쟁을 그만두라고

　종소리가 퍼져 나갑니다.

　나를 위해서 종이 울립니다.

　어서어서 멈추라고

　그만두라고

　종이 울립니다.

윤경희

흥이 없는 내가 지루해서 춤을 배우고 뻣뻣한 몸을 풀려고 수년간 요가를 하고 있지만 사람이 잘 바뀌지 않습니다. 그래도 앉아서 읽는 것과 모여서 말하는 것은 좋아하고 꽤 잘하는 편이라서 강산이 한 번 바뀌는 동안 동화를 읽고 말했습니다. 내가 담긴 글을 쓰는 것은 바닷가에서 나와 닮은 조개를 찾아야 하는 숙제처럼 어려웠습니다. 그래도 계속 하다 보니 나와 비슷한 조개들을 많이 찾았습니다. 책을 내는 일은 흩어 놓았던 나를 모으는 일이었습니다. 이렇게 실에 꿰어진 나를 보니 그런대로 정이 갑니다.

- 1964년 서울에서 나고 자람
- 어린이도서연구회 어린이문학연구분과, 독서문화위원회, 신간선정위원회에서 활동

★
고등어를 따라 아버지를 만나고,
달수를 따라 아버지를 보내고

⟨달맞이산 너머로 날아간 고등어⟩, ⟨달수네 아버지⟩,
《달맞이산 너머로 날아간 고등어》, 햇빛출판사, 1985

권정생 동화에서는 전쟁에 나간 아버지보다 전쟁 뒤에 홀로 남겨진 아이와 어머니 이야기가 더 많다. 그런데 ⟨달맞이산 너머로 날아간 고등어⟩ ⟨달수네 아버지⟩(《달맞이산 너머로 날아간 고등어》, 햇빛출판사, 1985), ⟨공 아저씨⟩ ⟨해룡이⟩(《사과나무 밭 달님》, 창비, 1978)는 아버지다운 아버지가 되지 못해서 더 슬픈 아버지들의 이야기다.

나는 이런 아버지들 중에서도 이 험한 세상 사느라 허우적거리고 비틀거리는 용칠이 아저씨(⟨달맞이산 너머로 날아간 고등어⟩)와 유 노인(⟨달수네 아버지⟩)이 좋다. 내 아버지를 꼭 닮은 용칠이 아저씨와 유 노인이 내 손을 잡고 30년 만에 아버지에게로 데려다 주었기 때문이다.

⟨달맞이산 너머로 날아간 고등어⟩의 용뿔 동네 방천둑은 내가 초등학교 들어가기 전에 3년 정도 살았던 경상도 마산 근처의 동네를 그대로 닮았다. 내 기억 속의 방천둑은 할미꽃으로 가득 뒤덮여 있다. 댐 공사 일을 하던 아버지는 매일 자전거를 타고 방천둑 위에 임시로

지어 놓은 허름한 사무실로 출근했다. 나는 아버지를 따라가서 종일 토록 혼자 풀밭을 뒹굴면서 놀았다. 지루했지만 자전거가 귀하던 시절에 아버지 자전거 뒤에 타는 것은 아주 호사스런 일이었다. 자전거로 내리막길을 씨잉 달리는 것도 짜릿하니 재미있고, 마을 입구에 있는 선술집에서 술 한 잔 걸치는 아버지 옆에 앉아 꼼장어를 납죽납죽 받아먹는 것도 좋았다. 하지만 지루한 한나절을 견딜 수 있었던 것은 무엇보다 나를 쳐다보는 시골 아이들의 눈이었다. 1969~70년쯤이니까 시골에서 딸아이들은 몽실이처럼 늘 등에 동생을 업어야 했고, 입하나 줄이려고 열서너 살 넘으면 도시로 식모살이 가야 했던 때다. 그런 마을에 구두 신고 파마머리로 등장한 서울 꼬마를 보고 아이들은 '서울내기 다마네기 맛 좋은 다마네기!'라고 놀려 댔다. 마을 아이들은 자전거로 퇴근이란 것을 하는 도시 아저씨를 보면서 희한해했고 자전거에 뒤에 매달려 오는 아이를 부러워했고 나는 한껏 뽐냈다.

이것이 12년밖에 함께 지내지 못한 아버지와의 추억 중에서 가장 화려한 장면이다.

나의 아버지는 〈달맞이산 너머로 날아간 고등어〉의 용칠이 아저씨처럼 6. 25 난리판에 젊은 놈 혼자 살려고 늙으신 부모님과 가족을 이북에 두고 온 불효자다. 그래서 아버지는 슬퍼지면 술을 마셨고 술을 마시면 더 슬퍼졌다. 술 때문에 돈도 많이 잃었고 건강도 잃었다. 모든 일에 철저하지 못하고 중심이 없어서 갈팡질팡하는 용칠이 아저씨가 바로 내 아버지다. 공사판에서 몇 달을 고생하고 주머니에 돈이 들어온 날이면 영락없이 술에 취해 늦게 들어오고 어머니는 남 좋은 일만 시키는 든든치 못한 남편 때문에 속이 썩었다. 쌀 한 말 값을 술값으로 다 써 버리고 겨우 고등어 한 손 들고 비틀비틀 걸어오는 용칠이 아저씨가 꼭 나의 아버지 같다. 용칠이 아저씨가 풀밭에 있는 고등어가 너무 귀여워서 엎드려 고등어 주둥이에 입을 쪽 맞출 때, 나는 술 냄새 풍기면서 자는 딸의 입에 사탕을 물려 주던 아버지의 막내딸로 돌아갔다.

아버지는 〈달수네 아버지〉의 유 노인처럼 전쟁이라는 고개 마루턱을 넘어 어둡고 비탈진 내리막길을 겁내면서 주춤주춤 내려온 사람이다. 통일이 되면 다시 고향으로 가려고 여기저기 떠돌다 서른이 훨씬 넘어서야 전라도 끝에서 예쁜 처자를 만나 결혼을 했다. 남쪽에서 가정을 꾸리고 친구도 사귀었지만 답답한 인생살이가 주는 슬픔이 병이 되었다. 추운 날 쓰러져서 몇 년을 불편한 몸으로 지내다 세상을 떠났다. 병든 몸보다 가장이 가족의 짐이 되었다는 마음의 병이 더 고통스러웠는지 자주 울었다. 고향 평안도에서 부농의 육남매 중 막내로 태어나 고등학교도 다녔으니 세월 잘 만났으면 희고 긴 손가락으로 붓대 잡고 호인 소리 들으면서 살았을 사람이다. 그런데 전쟁은 평탄할 것 같았던 아버지 인생길에 앞을 분간할 수 없는 어둠을 깔았다.

고개 마루턱에 올라서자 벌써 사방은 분간하기 어렵도록 어둠으로 꽉 차 버렸습니다. 시커먼 소나무 숲이 빽빽한 저 아래를 내려다보니, 무서워서 선뜻 내려가기가 망설여졌습니다. (194쪽)

유 노인이 무서워서 선뜻 내려갈 수 없었던 그 길이 아버지가 남쪽에서 만난 인생길이었다. 유 노인은 1. 4 후퇴 때 다섯 살 언청이 아들 달수를 데리고 평안도 고향을 떠나와 달수가 스무 살 청년이 될 때까지 통일을 기다리면서 난데로 떠돌아다녔다. 안동 근방의 마을에서 동네 일을 소리쳐 알리고 이집 저집 허드렛일을 하는 마을 머슴으로 5년 정도 머물렀지만 전기불이 들어오면서 머슴 일조차 스피커에게 빼앗겼다. 그곳을 떠나 의성 쪽에 있는 과수원에 과수원지기로 들어갔지만 환갑을 훌쩍 넘긴 노인이 할 수 있는 일이 아니었다. 나무에 약을 뿌리는 날이면 목과 몸뚱이가 따로따로 놀고 두 다리가 후들거리면서 온몸이 우무처럼 흐늘거렸다. 아버지는 어쩔 수 없이 아들의 짐이 되었다. 결국 아버지는 사랑하는 아들을 남겨 두고 고향으로 돌아가는 기차가 아닌 서울의 양로원으로 가는 기차를 탔다.

용칠이 아저씨, 유 노인, 나의 아버지 모두 본래 마음자리가 옹글지 못한 사람들이다. 허술하게 평생 못난 아버지로 살다가 구들더께 늙은이로 자식의 짐이 되었다. 나는 아버지를 그렇게만 기억하고 살았다. 남의 아버지가 보이고 남의 집이 보이던 열두세 살 여자아이에게 병석에 누워서 인생이 한스럽고 모든 것이 섭섭하다고 우는 추레한 아버지는 가리고 싶은 얽은 자국이었다. 그땐 아버지가 싫고 집이 싫었다. 그래서 아버지가 세상을 떠났을 때도 감쪽같이 눈물을 삼켜 버렸다. 사람들은 어려서 저렇다고 오히려 안쓰러워했지만 나는 병든 아버지를 가진 아이에서 아버지가 없는 아이까지 되어야 하는 처지가 싫었다. 싫었기 때문에 숨겨 놓았고, 그래서 베레모를 쓰고 다니던 멋진 아버지의 모습도 흐려졌고 아버지가 입에 넣어 준 사탕의 단맛도 사라졌고 자전거를 타고 씨잉 달리던 자랑스러움도 날아가 버렸다.

전쟁 통에 가족과 헤어져 남쪽으로 온 실향민들을 사람들은 '이북 따라지'라고 불렀다. 이북 따라지들 중에는 자수성가하는 사람들이 많았다. 이북내기들은 찬바람과 거친 땅의 기운을 받고 자라서 그런지 지독하다는 말을 들을 만치 생활력이 강했다. 통일이 되면 잘 사는 모습으로 가족들과 다시 만나겠다는 꿈이 그들을 더 독하게 만들었던 것 같다.

하지만 누구나 그럴 수 있는 것은 아니다. 용칠이 아저씨와 유 노인 그리고 나의 아버지는 아무리 거친 땅이라도 그 땅을 떠나서는 다시 뿌리를 내리기 힘든 사람들이다. 그런 사람들에게 아버지라는 짐은 너무 무겁다. 그 짐에 등때기가 눌려서 아버지들은 점점 더 작아진다. 어쩔 수 없는 것이다. 그런데 나는 어려서 몰랐다. 용칠이 아저씨 등때기를 누르던 쌀자루가 얼마나 무거운지, 유 노인이 고개 마루턱에서 주저주저하면서 겁냈던 길이 얼마나 가풀막진 등굽잇길인지 몰랐다. 그래서 고등어처럼 아버지를 위로하지 못했고 달수처럼 아버지에게 가지 말라는 말을 하지 못했다.

아버지는 49세에 나를 얻었다. 지금 내가 그 나이가 되었다. 늦게 얻은 자식에 대한 부모의 사랑이 어떤 것인지 알 수 있는 나이. 이제야 고등어와 달수의 말이 들린다.

"헤헤. 아저씨, 본래는 너무 순해서 이렇게 실수하는 거죠!"

"아저씨 고생하시는 거 우린 다 알고 있거든요." (149쪽)

"아비지, 가지 마세예." (236쪽)

"아비지, 이렇게 꽃이 피었는데……." (237쪽)

분홍색 벚꽃이 한창인 날에 아버지를 보내는 달수를 따라 나도 아버지를 다시 불러 본다.

'아버지, 아직도 아버지가 보고 싶어요.'

나의 아버지가 떠나던 날은 하얀 눈이 내리던 날이었다.

★

나도 꿩 병아리고 싶다

《엄마 까투리》, 낮은산, 2008

권정생 선생님이 떠난 지 일 년이 지난 2008년에 그림책 《엄마 까투리》가 나왔다. 아홉 마리의 아기 새를 등에 업고 눈에는 눈물 한 방울을 달고 달리는 엄마 까투리 그림이 있는 겉장을 넘기면 비뚤게 흘려 쓴 권정생의 글씨가 보인다.

까투리 이야기 써 보았습니다.
어머니의 사랑이 어떻다는 것을 일깨워 주기 충분하다고 봅니다.
좋은 그림책이 되었으면 좋겠습니다.
2005. 3. 5. 권정생 드림

책을 한 장 한 장 넘기면서 '엄마 까투리'라는 글자는 '나의 엄마'로 바뀌어 갔다. 그런데 우습게도 '우리 엄마도 새끼들을 보듬어 안아서 살리고 자신은 까만 숯덩이가 된 엄마 까투리 같지' 하는 생각보다 '이 불길이 얼마나 뜨거운지 너희는 왜 모르니?'라고 화내는 엄마가 먼저 떠올랐다. 자기도 모르게 꿩 병아리들을 버리고 도망가려고 했던 엄마 까투리의 모습이 내 엄마 같았다.

갑자기 불길이 엄마 까투리를 덮쳤습니다.

엄마 까투리는 저도 모르게

그만 푸드득 날아올랐습니다.

저만치 날아가다가 엄마 까투리는

뭔가 깜빡 두고 온 것이 생각났습니다.

가슴이 철렁 내려앉았습니다.

새끼들을 그냥 두고

혼자 달아났기 때문입니다.

엄마 까투리는 황급히 몸을 되돌렸습니다.

얘들아, 얘들아!

엄마는 늦둥이인 내가 있어서 더 힘들었는지 "너라도 낳지 않았으면……." 하는 말을 자주 했고 나는 알게 모르게 그 말에 주눅 들었다. 내가 엄마가 되어 엄마 마음이 어떤 것인지 알고 나니 오히려 엄마에게 더 섭섭해졌다. 하지만 친정 엄마와 사이가 좋은 친구들을 보면 부럽고 고생한 엄마에게 잘하지 못해서 불편했다. 그래서 처음《엄마 까투리》를 읽고는 그 불길에서 도망가려는 엄마 까투리를 이해할 수 있다는 글을 썼다. 그때 엄마는 팔십을 바라보는 나이였고 말로는 이 늙은이가 뭘 할 줄 아냐고 하면서도 아침이면 내게 전화해서 쩌렁쩌렁한 목소리로 며느리 흉을 보고 혼자 살림인데도 냉동실을 그득히 채워 놓고 계절따라 화분을 베란다 안으로 밖으로 옮기면서 화초 잎이 반들반들하게 키우고 있을 때였다. 남편 잃은 과부가 그런 욕심과 극

성으로 사남매를 키워 냈지만 나는 그 욕심과 극성이 싫어서 엄마에게 살갑지 못했다. 그런 내가 싫어서 나를 꾸짖으려고 반성문을 쓴 것이다. 그래서 '엄마'란 이름과 어울리는 '희생' '고마움' '이해' 이런 말들로 글을 채우고 '사랑'이란 말로 마무리했지만 말뿐이고 글뿐이었는지 나는 여전히 엄마에게서 몇 걸음 떨어져 있었다.

그런데 지난 6월에 엄마가 갑자기 뇌졸중으로 쓰러졌다. 뇌 속의 큰 혈관이 막혀서 왼쪽 신경이 모두 마비됐기 때문에 음식을 삼키는 것도 팔다리를 움직이는 것도 화장실 가는 것도 할 수 없게 되었다. 이런 경우를 사람들은 최악이라고 말한다. 노인네들은 제발 이렇게 되지 않게 해달라고 매일 기도한다고 한다. 엄마는 몇 달 동안의 치료 끝에 코에 끼웠던 호스를 빼고 겨우 입으로 죽을 먹을 수 있게 되었지만, 손이 말을 안 듣고 다리가 맘대로 움직이지 않는 것은 여전하다. 게다가 치매까지 오면서 인지능력도 점점 떨어져서 네 살짜리 아기가 되었다.

엄마는 딸조차 잘 알아보지 못한다. 나이를 물으면 언제나 마흔네 살이라고 한다. 엄마가 마흔네 살 때 막내인 나는 여덟 살이었다. 그때 지방 출장이 잦은 아버지를 따라 여기저기 구경도 많이 다녔고 사진도 많이 찍었다. 엄마는 마흔여섯에 류마티스 관절염을 앓아 몇 년 누워 있었고 다행히 회복했지만 마흔아홉에 남편을 잃었다. 아마 엄마는 마흔네 살 때가 가장 행복했나 보다.

과거로 돌아간 엄마는 가난이 주었던 불안도, 편한 인생을 살지 못하는 아들에 대한 연민도, 며느리에 대한 미움도 천천히 내려놓고 있다. 병원에 입원하고 나서 한두 달은 당신 몸이 뜻대로 움직이지 않는다고 서럽게 울더니 요즘은 그 설움조차 잊어버렸다. 하릴없이 놓여 있는 왼손을 남의 것인 양 바라보면서 그 손에 쥐고 있던 것들을 하나씩 내려놓고 남편 곁에 있던 마흔네 살을 찾아가고 있다.

엄마가 유난히 정신이 희미하고 기운이 없던 날, 내 기분도 살리고 엄마 기분도 살리고 싶어서 엄마에게 노래를 부르자고 했다. 나는 엄마가 칠십이 넘은 할머니가 되고 나서야 엄마의 노래를 들었다. 명절에 가족들과 노래방에 가서 사위들이 쥐어 주는 마이크를 잡은 엄마가 소녀같이 고개를 까딱거리면서 남인수의 〈애수의 소야곡〉을 불렀다. 엄마의 잔소리만 기억하던 나는 고운 노래 소리를 듣고 깜짝 놀랐다. 그때 미안했던 마음을 떠올리면서 엄마 팔을 잡았다. 흐느적거리는 엄마 손과 내 손을 모아 박수를 치면서 "운다고 옛사랑이 오리오만은 눈물로 달래 보는 구슬픈 이 밤." 하고 노래를 시작했는데, 놀랍게도 내가 가사를 몰라 부르지 못하는 부분을 엄마가 정확하게 이어주었다. 그러면서 엄마는 정말 곱던 마흔네 살 여자가 되었다. 살아 있는 웃음이 돌아왔다. 나는 울고 말았다. 이제 더 이상 엄마 품에 안기지 못하는 꿩 병아리의 서러움이 터져 버렸다. 바뀌는 것이 쑥스럽고, 틀렸어도 그냥 익숙한 것만 하고 싶어서 엄마에게 데면데면한 얼굴로 버티고 있었는데 다리에 힘이 쭉 빠지면서 더 이상 버틸 수가 없었다.

엄마는 지금 하늘나라에 닿기 바로 전 정거장에 머물러 있다. 이 마지막 시간이 너무 힘겹지 않기를 기도한다. 하지만 이 정거장을 스쳐 버리지 않고 이렇게 머무르게 한 신에게 감사한다. 우리는 꼭 필요한 시간을 나누고 있다. 엄마의 얼굴과 머리를 쓰다듬고, 밥을 떠먹이고, 옷을 갈아입히면서 머리와 말로 했던 사랑을 몸으로 한다.

엄마 까투리는
상수리나무가 있는 왼쪽으로 갔습니다.
그러나 불길에 막혀 되돌아섰습니다.
이번에는 오리나무가 섰는
오른쪽으로 갔습니다.
역시 불길이 뜨겁게 막았습니다.
위쪽으로 가도
아래쪽으로 가도
시뻘건 불길이 에워싸고 있었습니다.

엄마는 혼자서 얼마나 무섭고 외로웠을까! 엄마 까투리는 몇 번이나 날아올랐지만 결국 다시 내려와서 두 날개로 새끼들을 보듬어 안고 온몸으로 불길을 막았다. 불길은 꺼지고 불에 탄 엄마 까투리는 이제 앙상한 뼈대만 까맣게 남아 있다. 그것마저 곧 부서질 것이다. 꿩 병아리들은 엄마 품속에서 깃털이 돋고 날개가 자라 저 혼자서 먹이를 찾아 먹지만 그래도 밤이면 숯 덩어리인 엄마 까투리 품으로 들어온다. 아무것도 못하고 누워만 있는 엄마는 타 버린 엄마 까투리 같고 나는 아직 엄마가 그리운 꿩 병아리 같다.

엄마로 아내로 며느리로 열심히 뛰다가 엄마네 집에 오면 늙은 엄마가 밥상을 차리는 사이에 잠이 들어 버리곤 했는데…….. 그래도 아직 엄마 냄새를 맡을 수 있어서 다행이다. 내가 쓸데없다고 타박했던 냉장고의 음식도 베란다의 화초도 다 버려졌다. 엄마는 이제 그렇게 자랑스러워하고 든든히 여겼던 엄마의 작은 집으로 돌아갈 수 없을 것 같다. 나는 엄마의 옛집 앞을 피해서 다닌다. 엄마가 있던 자리를 보고 싶지 않다. 그 집에서 잠든 딸을 깨우지 않으려고 조심조심 밥상을 차리는 엄마가 떠오르는 것이 힘들다. 까맣게 타 버린 앙상한 뼈대가 숯가루처럼 부서져 바람에 날아갈 것 같아서 심장이 허둥거린다. 숯 덩어리라도 찾아갈 엄마가 있는 꿩 병아리이고 싶다. 젖이 나오지 않아도, 깃털이 다 빠지고 없어서 따뜻하지 않아도 그 앙상한 뼈대 밑으로 들어갈 수 있으면 좋겠다. 엄마의 품은 세상에서 제일로 분명하고 당연한 내 것이니까.

★

외할머니가 준 붉은 팥 씨를 받아서

〈팥죽 할머니〉, 《바닷가 아이들》, 창비, 1988

권정생의 팥죽 할머니

'팥죽 할머니' 이야기는 전라도 지방에 퍼져 있던 옛이야기다. 지금은 옛이야기 자체보다 그림책으로 더 많이 알려져 있다.

내가 좋아하는 그림책 《팥죽 할멈과 호랑이》(서정오 글, 박경진 그림, 보리, 1997)의 첫 장에서는 허리가 굽어 자그마한 몸이 더 오그라지고 가는 손목에 남자처럼 두터운 손을 가진 할머니가 산 밑에서 밭을 매는데, 뒤에서 황소만 한 호랑이가 갑자기 나타난다. 할멈 잡아먹으러 왔다는 호랑이에게 겁먹은 할머니가 나 죽으면 이 팥 밭은 누가 매냐고, 팥 농사 다 지어서 팥죽 쑤어 먹을 때까지만 기다려 달라고 애처롭게 사정한다.

그런데 권정생의 동극에 나오는 팥죽 할머니는 많이 다르다. 오른쪽 어깨에 괭이를 메고 왼손에 망태를 들고 등장하는 할머니가 넋두리를 한다.

아니야! 아니야! 원수를 갚아야지. 원수를 갚아야지! 영감 원수를 갚아야지! 우리 아들 용이 원수를 갚아야지! 후유! 힘이 없구나. 그래, 그래, 잡아가거라!

내가 쓰러질 때까지 이 밭을 일구고, 팥을 심어 죽을 쑤어 먹고, 원수를 갚아야지. 영감 원수를 갚아야지. 아들 원수를 갚아야지. 힘이 없구나. 차라리 잡아먹어라. 날 잡아먹어라! (190쪽)

할머니의 넋두리에는 영감과 아들을 잡아먹은 원수를 갚지 못한다면 차라리 죽고 말겠다는 옹심이 박혀 있다.
그림책과 사뭇 다른 권정생 동극 속의 할머니를 보니 옛이야기 팥죽 할머니가 궁금해졌다. 그래서 채록된 팥죽 할머니 이야기 하나를 찾아보니 다음과 같다.

옛적에 산중에 한 집이 있었넌디 이 집 식구럴 뒷산 호랭이가 다 잡아먹고 여인네 하나만 남게 났다. 이 예인네넌 이번에넌 내가 잽혀먹히게 되었구나 허고 잽혀먹히게 되넌 것얼 생각허니 원통하고 서러워서 폴죽이나 실컨 먹고 죽겠다고 폴죽얼 한 솥 끓여 났다. 그런디 폴죽얼 먹을라고 헝께 설엄이 제절로 나서 먹도 못허고 울고 있었다.
이때 당괄(달걀)이 데굴데굴 궁굴러 오더니 "아주머니 아주머니, 왜 울우?" 하고 물었다. (《한국구전설화-전라북도편》, 임석재 엮음, 평민사, 1990, 182쪽)

할머니 무릎을 베고 누워서 이 이야기를 듣던 아이가 떠올리던 여인네는 당찬 오기도 있고 만만치 않은 성질도 부릴 줄 아는 마을 입구 구멍가게 아주머니쯤이 아니었을까.

옛이야기 속의 팥죽 할머니, 그림책 속의 팥죽 할머니, 그리고 권정생 동극 속의 팥죽 할머니가 조금씩 다 다르다. 그중에서 내 마음속에 그림이 그려진 할머니는 동극 속의 팥죽 할머니다. 동극 속 할머니는 세 할머니 중에서 제일 세다. 눈을 번들거리며 헐떡이는 호랑이 앞에서 "날 잡아먹으면 안 돼!" "농사꾼을 통째로 잡아먹으면 너도 죽는다"고 말하는 겁 없는 할머니다. 호랑이에게 오히려 호통을 친 할머니는 하늘님에게 기도한다.

> 팥 씨야, 흩어져서 흙 속에 숨었다가 싹이 나거라. 햇빛을 쬐고 바람을 쬐고 비를 받아먹고, 팥 씨야, 자라서 열매 맺어라 ! 천석 만석 열매 맺어라! 붉고 붉은 팥 씨야, 우리 영감, 우리 아들 용이 원수 갚을 힘이 되거라! 못된 원수 무너뜨리는 힘이 되거라! (194쪽)

권정생의 팥죽 할머니는 하늘 곧 자연의 힘만을 믿는 우직한 농사꾼이고 자식을 위해서는 무엇이든지 할 수 있는 강한 어머니다. 그래서 뿌린 씨를 거두지 않고는 죽을 수 없고 자식 원수를 갚지 않고는 죽을 수가 없다. 할머니는 자식처럼 키운 팥을 추수해서 팥죽을 쑤어 할아버지와 아들을 위해 팥죽을 세 그릇씩 떠 놓는데 파리가 와서 팥죽을 달라고 한다. 할머니는 파리를 귀찮아한다. 우리가 생각하는 정 많은 할머니가 아니다.

> 파리 : 할머니! (할머니의 어깨에 기댄다.)
> 할머니: (뿌리치면서) 귀찮다. 쯧!
> 파리 : (어리광부리며) 나 팥죽 먹고 싶어요.
> 할머니 : 에그 에그 귀찮어.
> 파리 : 쬐금만 줘요. 안 주면 할아버지 것 먹어 버릴 터예요.
> 할머니 : (어쩔 수 없이) 자, 먹어! (조그만 뱅뱅돌이에 팥죽을 떠서 밀어 놓는다.) (199쪽)

그런데 내가 그리던 할머니 그림은 바로 여기서 완성되었다. 그래, 권정생의 팥죽 할머니는 나의 외할머니와 같은 얼굴을 하고 있겠구나! 여자치고는 어깨가 넓고 손도 크고 눈매도 매섭고 잘 웃지도 않던 외할머니 얼굴이 떠올랐다.

나의 외할머니

권정생의 팥죽 할머니는 나의 외할머니 장말례 할머니같이 무뚝뚝하고 억센 여자였던 것 같다. 외할머니는 손주들을 앉혀 놓고 조근 조근 이야기를 해준 적도 없고 다정하게 안아 준 적도 없다. 게다가 아들만 챙기고 딸들은 모두 아들을 위해 존재하는 부속품 정도로 여겼다. 손녀 손에 들린 사탕은 빼앗아 손자 손에 쥐어 주고, 외손주 손에 들린 사탕은 빼앗아 친손주 손에 쥐어 주는 것이 할머니 나름의 위계질서였다. 팥죽 할머니와 파리가 나누는 말을 들으니 내가 뭐 좀 먹을라 치면 "오빠 거 따로 뒀냐?"고 확인하고 내가 좀 많이 먹는 것 같으면 "자그마이 먹어라이." 하면서 못마땅해하던 할머니가 떠오른다.

내가 초등학교 저학년 때, 그러니까 1975년쯤까지 외할머니는 전라도 고흥에서도 가장 끝자락인 벌교에서 살았다. 거기가 엄마의 고향이다. 벌교 사람들에게 갯벌은 논이고 밭이다. 갯벌에서 캔 굴과 꼬막으로 자식들 먹이고 학교 보내고 도시로 시집 장가 보냈다. 맏딸인 엄마는 아버지 만나 서울에서 자리 잡았고 똑똑한 외삼촌들은 차례로 우리 집을 비빌 언덕 삼아 서울에서 대학을 다녔다. 외삼촌들을 대학 보내기 위해 이모들은 학교 대신 할머니를 따라 굴을 캐러 갯벌로 들어갔다.

엄마는 남동생들의 뒷바라지를 당연하게 여겼다. 쌀독에 바닥이 보이면 아들과 남동생의 도시락을 우선 챙기고 집 식구들 끼니는 수제비로 때웠다. 빤히 짐작되는 딸네의 어려운 살림에 옹색하게 얹혀 사는 아들을 보는 할머니의 마음은 갯벌을 헤집는 손발만큼 시렸을 것이다. 그래서인지 외할머니는 먼 거리와 불편한 교통에도 불구하고 일 년에 한 번씩 추운 겨울에 우리에게 오셨다. 직접 캔 굴을 머리에 이고 그 먼 거리를 밤새 완행열차를 타고 서울역에 내려서 또 새벽 버스를 타고 그렇게 오셨다.

창밖은 아직도 캄캄한데 엄마가 "어서 일어나 굴 먹어라. 할머니 오셨다." 하고 나를 흔들어 깨우면 나는 눈꺼풀이 채 벌어지기도 전에 입부터 벌려 참기름 소금장을 콕 찍은 엄지손톱만 한 생굴을 삼켰다. 첩첩 감기는 눈을 힘들게 뜨면 할머니는 "이쟈 잠 깼냐?"고 내게 한마디 던지시고는 굴이 들어가는 오빠와 삼촌의 입으로 다시 눈을 돌리셨다. 아들과 손자 입으로 당신이 직접 캐 온 탱글탱글하고 싱싱한 굴이 들어가 주는 것이 그저 고맙고 좋은지 할머니는 언제 전라도에서 서울까지 완행 밤기차를 타고 왔냐는 듯 지친 기색이라곤 없었다. 외할아버지가 돌아가시자 할머니는 시골 살림을 정리하고 서울로 올라와 성공한 아들 집에서 지내셨다.

내가 중학교 들어갈 때쯤에 엄마가 류마티스 관절염으로 거의 죽음 앞까지 갔던 몇 년이 있었다. 약이나 수술로 낫는 병도 아니고 우리 집 형편에 특별한 치료를 받을 수도 없어서 엄마는 침이나 뜸에 의지해 하루하루를 견디고 있었다. 그때 할머니는 2년 동안 외삼촌네 집에서 우리 집으로 한 시간 넘게 버스를 타고 날마다 출근을 하셨다. 그때, 할머니에게 가장 귀한 자식은 아들도 아니고 딸도 아니고 병든 자식이었다. 눈도 비도 추위도 더위도 병든 자식을 살리려는 억척스런 할머니의 발걸음을 막지 못했다. 할머니는 구할 수 있는 좋다는 것은 다 구해 오셨고, 당신이 아는 효험 있다는 비방은 다 써 보셨다. 할머니가 있어서 엄마는 이승과 저승을 가르는 문지방을 아슬아슬 넘나들면서도 살 수 있다는 희망을 버리지 않았고 우리는 할머니가 아랫목에 묻어 놓고 간 따뜻한 밥주발 덕분에 서럽지 않았다.

외할머니가 해놓고 가시는 별식 중에 하나가 팥칼국수였다. 팥칼국

수는 겨울날 묵처럼 굳혀서 설탕을 뿌려 먹으면 제맛이다. 외할머니의 팥칼국수 속에도 바람, 비, 햇빛의 기운이 모두 들어 있었다. 팥죽을 먹고 힘을 낸 알밤, 송곳, 멍석, 지게가 모두 힘을 모아 호랑이를 물리쳐서 이 땅에 전쟁은 가고 평화가 오게 만든 것처럼 나의 할머니도 원수같이 지독한 가난과 병으로부터 자식을 구해서 생명을 이어가게 해주었다. 팥죽 할머니도 외할머니도 가난과 전쟁 속에서도 꿋꿋하게 밭을 매고, 아이를 낳고, 젖을 물려 생명을 이어 나간 우리의 어머니들이다.

할머니는 늘 말하셨다. 내 집에 온 사람에게 먹는 인심 야박하게 쓰지 말고, 맛있다고 세 번 말하면 꼭 싸 주라고 하셨다. 지금 생각하니 자식 배부르게 먹이지 못한 어미의 기도였던 것 같다.

나는 할머니에게 들은 재미난 옛날이야기도 없고 할머니 품에 안겨 본 기억도 없다. 하지만 나는 이 세상 최고의 굴 맛을 알고 있다. 그리고 자식을 위해서는 무엇이든 해낼 수 있는 든든한 어머니의 얼굴을 알고 있다.

내 안에는 외할머니가 주신 붉은 팥 씨가 있다. 햇빛과 바람과 비를 받아먹을 줄 알고 자식을 위해 힘든 일을 참아 내는 어머니가 될 수 있는 붉은 팥 씨가.

★

종지기 아저씨의 슬픈 웃음소리

《도토리 예배당 종지기 아저씨》, 분도출판사, 1985

　《도토리 예배당 종지기 아저씨》는 잘 알려지지 않은 권정생의 책들 가운데 하나지만 내게는 소박하고 따뜻하면서도 올곧은 성품을 지닌 친구처럼 귀한 책이다. 나는 이 책을 읽고 나서, 존경했어도 감히 친할 수 없었던 권정생을 '훌륭한 작가'를 넘어 '좋아하는 사람'으로 만날 수 있었다.

　《도토리 예배당 종지기 아저씨》는 아이보다는 어른을 위한 동화다. 어린아이같이 귀여운 생쥐와 어리숙한 종지기 아저씨가 나누는 우스운 말들 속에 답답한 현실이 들어 있다. 여러 겹의 비유로 요렇게 저렇게 감싸 놓았지만 사실은 인간의 이기심과 우리의 80년대 정치를 비판하는 소리들이다. 하지만 나는 여기서 오히려 편안한 권정생을 만났다.

　'종지기 아저씨'는 또 하나의 권정생이다. 생김새와 사는 모습이 실제 권정생 그대로다. 그전까지 내가 생각하고 있던 권정생은 특별하고 대단한 사람이기만 했다. 전쟁을 겪고 병에 시달리면서도 별같이 빛나는 삶을 살아 낸 사람이고 전쟁이라는 과거, 분단이라는 현재, 통일이라는 미래를 동화에 담아 낸 큰 작가였다. 그런데《도토리 예배당

종지기 아저씨》에서 만난 권정생은 눈물과 분노까지도 웃음에 담아
내는 유머를 가진 사람이었다. 자신의 부끄러운 모습을 솔직히 드러
내면서 하고 싶은 말 다 하는, 편하면서 센 사람이었다.

생쥐와 나누는 대화

종지기 아저씨는 마흔이 넘었어도 장가도 못 가고 혼자 사니까 말
을 나눌 사람도 없고 속 시원히 맘을 풀어낼 수 있는 세상도 아니라
서 생쥐하고만 얘기한다. 그런데 허술한 아저씨는 늘 생쥐에게 속내를
들키고 만다. 이불에 오줌을 싼 생쥐의 꼬리를 잡고 야단치다가 생쥐
가 "아저씨 장가가는 꿈을 꿨다"고 하니까 꼬리 잡은 손을 풀어 버리
면서 얼굴이 빨개진다. 수줍은 아저씨는 생쥐 꿈일지라도 장가갔다는
말에 신이 나는 마음을 감추지 못한 것이다. 다시 태어나면 스물다섯
살쯤에 스물둘이나 셋인 아가씨를 만나 연애하고 싶다는 권정생의
유언에서 받았던 찌릿한 슬픔과 감동이 웃음으로 터진다.
종지기 아저씨는 세상의 진실을 엉뚱한 논리로 풀어내는 재미있는
사람이다. 아저씨는 '평등'을 똥 누고 나서 닦는 종이로 설명한다. "똥
닦을 때 쓰는 종이는 왜 가운데만 쓰이고 바깥은 버려질까?" 하는 물
음에서 시작되는 아저씨의 평등 논리는 참으로 재미나고 명쾌하다.

"그 똥닦이가 말이지……. 그것 역시 만날 한가운데만 쓰고는 버

리거든."

"그럼, 가 쪽도 쓰면 되잖아요?"

"가 쪽은 쓰기가 위태롭단다."(64쪽)

세상의 평등은 더러운 것이 가운데를 차지하고 깨끗한 가 쪽은 버려지는 거짓 평등이라는 얘기다. 그러면 진짜 평등은 어떤 것일까? 진짜 평등은 오히려 쉽다. 아저씨는 생쥐랑 나란히 등때기를 편편히 펴고 엎드리는 것으로 진짜 평등을 이룬다. 아저씨는 생쥐랑 평등하다. 생쥐는 아저씨에게 사람이 아무리 잘나서 두 발로 걸어 다니고, 똥 누고 밑 닦고, 인생을 깊이 생각하는 것 같아도 원숭이 손자일 뿐이라면서 자기보다 큰 아저씨를 누르고, 종지기 아저씨는 생쥐에게 만물의 영장이랍시고 잡아먹을 궁리만 해서 미안하다고 사과하면서 작은 생쥐보다 작아져 함께 나란히 엎드린다.

아저씨는 개구리하고도 동지란다. 개구리도 엄마 말을 안 듣고 아저씨도 시키는 대로 안하기 때문에 둘이 동지라는 것이다. 개구리랑 아저씨랑 둘 다 어머니 말씀보다 하느님 뜻을 따른 예수님처럼 시키는 것을 하지 않으니까 대단한 동지란다. 그런데 똑똑한 생쥐가 아저씨보다 더 묘하고 엉뚱하게 개구리를 질투한다.

"자꾸 동지 동지 하지 마세요. 안 그래도 개구리란 말만 들어도 속이 부글부글 끓어오르는 걸요."

"너 이제 보니 개구리한테 질투하고 있구나."

132

"속이 부글부글 끓는 게 질투하는 거예요?" (26쪽)

마침, 세숫대야에 담긴 빨랫감이 끓기 시작했습니다. 러닝셔츠 하나와 팬티 하나가 풀풀 비누거품을 내면서 끓어오르는 것을 생쥐가 처마 밑 디딤돌에 올라앉아 보고 있었습니다.
생쥐가 또 한마디 지껄였습니다.
"아저씨 팬티가 질투한다!" (27쪽)

생쥐를 당해 내지 못하는 아저씨가 우습다. 우리는 아저씨를 따라서 웃으면서 제대로 평등하지 못했고 용감하게 진실을 따르지 못한 자신을 발견한다.

자유를 찾아

아저씨는 가진 것도 없고 궁리하는 것도 없으니 자유로운 사람이다.
아저씨의 사상은 자유롭다. 아저씨가 소비에트 배추를 먹었다는 말에 생쥐가 깜짝 놀라면서 겁을 주니까 아저씨는 고문을 상상하다가 까무라쳐 버린다. 하지만 놀란 생쥐의 호들갑스런 몸짓이 아저씨를 깨운다. 누구나 총칼 앞에서는 약해질 수밖에 없다. 하지만 자유를 원하는 강한 의지는 그 두려움을 깨고 일어난다.

생쥐는 세 번 네 번 자꾸자꾸 타 넘었습니다. 아저씨 얼굴에는 온통 생쥐 발자국이 어지럽게 찍혔습니다.

생쥐는 숨이 찼습니다.

나중에는 다급한 김에 아저씨 콧잔등을 이빨로 꽉 깨물었습니다. 그래도 아저씨는 깨어나지 않았습니다.

모가지로 기어 내려가 러닝셔츠 안으로 들어갔습니다. 배꼽을 지나서 바지 안으로 들어가 사타구니로 빠져나와 가랑이 밑으로 쭈욱 기어 내려가, 양말 신은 발 속으로 잘못 들어갔다가 도로 기어 나왔습니다. 그래도 아저씨는 꼼짝도 않고 누워 있습니다.

생쥐는 다시 바짓가랑이 밑으로 해서 배꼽을 지나서 모가지로 기어 나왔습니다. (134쪽)

생쥐의 몸짓은 죽어 가는 이 나라의 민주주의가 반드시 다시 살아날 것이라는 아저씨의 믿음이고, 아픈 몸 때문에 뛰어나가서 싸우지 못하는 아저씨의 한풀이다. 깨어난 아저씨는 덤빈다. 소비에트 배추 먹은 것만 아니고 레닌 바람도 마시고 마르크스 방귀도 마셨다고 소리친다. 마르크스가 방귀를 뀌고 그 방귀는 바람을 타고 와서 아저씨가 마시고 아저씨가 뀐 방귀는 생쥐가 마시고 이렇게 지구에 있는 건 뭐든지 아무리 막아도 바람을 타고 퍼진다고 한다. 총칼을 들고 있는 똥도둑놈들은 이 바람을 절대 막을 수 없다. 아저씨의 방귀를 막을 수 없다. 착하고 허술한 아저씨는 총칼 앞에서도 자유로운 진짜 센 사람이다.

권정생은 80년대 군부독재 시대에 밖으로 뛰어나가 직접 싸우지 못하는 답답하고 초라한 자신을 비웃고 있다. 잔인한 권력에 대한 분노와 인간의 이기심에 대한 부끄러움을 웃으면서 말하고 있다. 권정생은 역사의 발전적인 진화를 역행하는 미개한 80년대를 보면서 너무 기막히고 답답해서 웃을 수밖에 없었던 것이다.

권정생의 웃음소리에는 용이 손을 잡고 북녘에 있는 할배를 찾아가고 또 가는 용이 할매(〈할매하고 손잡고〉, 《깜둥바가지 아줌마》, 우리교육, 1998)의 눈물과 들풀이 가여워서 아무것도 먹지 못하는 돌이 토끼(〈하느님의 눈물〉, 《하느님의 눈물》, 산하, 1991)의 눈물이 담겨 있다.

나는 《도토리 예배당 종지기 아저씨》에서 눈물과 분노를 웃음으로 풀어내는 권정생에게 반했다. 어려운 문제들도 재미있게 이야기해 주니 참 쉽고 편하게 풀렸다. 《도토리 예배당 종지기 아저씨》를 읽는 시간이 내게는 즐거운 반성의 시간이다. 올곧으면서 재미있는 친구를 만나 웃으면서 세상 이야기를 나누는 행복한 시간이다.

★

강아지똥의 소망이 이뤄지는 랑랑별

《랑랑별 때때롱》, 보리, 2008

《랑랑별 때때롱》은 권정생의 마지막 동화다. 이 책은 2008년에 책이 되어 세상에 나왔지만 나는 2006년에 어린이 잡지 《개똥이네 놀이터》에서 만났다. 초등학생 아들은 물론 중학교 3학년 딸도 달마다 오는 잡지를 기다렸다가 이 동화부터 먼저 읽었다. "엄마, 이상하게 빨려든다!" 하면서.

《랑랑별 때때롱》은 이상한 이야기이면서도 빨려드는 재미난 이야기다. 상상의 이야기고 미래의 이야기라서 이상하고, 아름답고 행복한 이야기라서 빨려든다.

북두칠성에서 다섯 걸음쯤 떨어진 곳에서 해바라기처럼 노랗게 빛나는 작은 별이 랑랑별이다. 랑랑별은 지구의 5백 년 전처럼 깨끗하고 소박한 별이다. 지금 지구 사람들이 달려가고 있는 최첨단 과학의 세계를 벌써 5백 년 전에 거친 미래의 별이다. 옛이야기가 과학으로 실현되는 꿈의 나라다.

그 별에 사는 때때롱이 지구의 새달이에게 말을 건다. 새 학년이 되어 처음 짝이 된 아이들의 말 걸기나 먼 별나라에서 지구별에 있는 친구에게 말 걸기나 아이들의 말 걸기는 똑같다. 서로 재고 겨루면서 토라졌다 풀어졌다 하면서 친구가 된다.

때때롱은 선생님이 지구별에서 숙제 안 하는 친구를 찾아오라고 해서 새달이를 찾아왔다고 하고, 새달이는 그런 너희 학교는 똥통이라고 하고 때때롱은 아니라고 자기네 학교는 꽃밭도 예쁘고 새도 많다고 자랑한다. 또 때때롱 동생 매매롱은 새달이 동생인 마달이가 방귀 몇 번 뀌는 것 다 봤다고 놀리고 마달이는 화가 나서 오백스물세 번이나 가짜 방귀를 뀌고, 이렇게 아이들은 자기 마음을 다 보인다. 화를 내고 미워하고 거짓말도 하지만 속마음을 훤히 보이는 것이 아이들이다. 그래서 아이들은 싸우면서도 친구가 된다. 친구들은 보고 싶어진다. 만나서 놀고 싶어진다.

이런 아이들의 마음이 새달이네 개 흰둥이의 바람으로 나타난다. 랑랑별에 가고 싶은 흰둥이는 열흘 동안 밤마다 "날개야 나온나, 날개야 나온나." 하면서 깡충깡충 뛰고 참개구리, 메뚜기, 매미, 나비와 온갖 벌레들이 앞마당 가득 모여 "흰둥아, 잘한다. 흰둥아, 잘한다." 하고 힘을 북돋운다. 드디어 열흘째 되는 날, 흰둥이의 겨드랑이에서 날개가 나온다. 이제 목줄을 풀고 들로 산으로 달릴 수 있는 랑랑별로 가려는 흰둥이를 외양간에 있던 누렁이의 울음이 잡는다. 누렁이는 흰둥이랑 헤어지기 싫고 새달이 마달이와 헤어지기도 싫으니까 같이 가자며 울었다. 그러자 때때롱과 흰둥이는 물론 농약 치는 사람들 때문에 화가 몹시 나 있는 왕잠자리까지 우는 누렁이를 용감하다고 칭찬한다.

우는 게 뭐가 용감한 거지? 아하, 싸우는 것이 용감한 것이 아니고 사랑한다고 말하고 다 같이 가자고 하는 것이 용감한 것이구나! 누렁이의 용감한 눈물 덕분에 새달이와 마달이는 왕잠자리랑 모여든 온갖 벌레랑 참개구리랑 함께 흰둥이에게 매달려서 랑랑별로 간다. 참 신나고 행복하고 아름답다. 모든 자연이 하나가 돼서 우주와 이어지는 가슴 벅찬 축제다.

권정생은 지구별의 이야기가 '모두모두 오래오래 잘 살았대요.' 하는 옛이야기처럼 되기를 소망하고 있다. 그리고 그의 소망이 이뤄질 것을 벅차게 꿈꾼다.

아이들의 마음을 따라 권정생의 마음도 흰둥이의 날개로 펴진다. 〈강아지똥〉 속 강아지똥이 별이 되고 싶어 하는 마음이 생각난다. 마침 〈강아지똥〉의 강아지 이름도 흰둥이다. 날개를 편 흰둥이와 아이들과 온갖 벌레들이 날아오르는 순간은 바로 잘게 부서져 민들레 몸으로 들어갔던 강아지똥이 별이 되려고 하늘로 올라가는 화려한 비상의 순간이 아닐까. 권정생은 《도토리 예배당 종지기 아저씨》(분도출판사, 1985)에서부터 이 순간을 꿈꿨다.

물속의 고기들이 모두 모여들었습니다. 고기들은 약속이나 한 것처럼 한꺼번에 춤을 추었습니다. 지느러미를 뻗쳤다가 오므렸다가 꼬리를 흔들며 흥을 돋우었습니다.
"얼씨구 절씨구!"
(…)
물속에서 고기들이 춤추고 풀밭에서 생쥐가 춤추자, 어느새 모여

들었는지 풍뎅이랑 땅강아지까지 날아와서 어울렸습니다. 《도토리
예배당 종지기 아저씨》, 82쪽)

권정생이 꿈꾸는 가장 화려한 축제, 가장 행복한 삶은 이렇게 자연
과 어우러지는 것이다. 작은 생명들과 같아지는 것이다. 우리도 이런
축제를 준비하기 위해서 흰둥이처럼 간절한 마음으로 누렁이처럼 용
기를 내서 자연에게 '미안하다. 빼앗은 것을 돌려주겠다. 이제 함께 가
자'는 말을 해야 한다.

랑랑별의 오래된 미래

그렇게 찾아간 랑랑별은 지구별과 비슷하다. 햇빛이 푸른색이고 일
년을 15달로 나누고 빨간색 푸른색 개들이 있고 노란 쌀밥을 먹지만,
마을의 모습과 아이들이 하고 노는 것과 가족이 모여 밥 먹는 모습이
지구별과 똑같다. 때때롱네 집에 간 아이들은 뜻밖에 아주 다른 세상
을 구경한다. 때때롱 할머니가 데려간 곳은 5백 년 전의 랑랑별이다.
지금도 호롱불을 쓰고 손수레를 끄는 랑랑별의 과거라고는 믿어지지
않게 과학문명이 발달한 곳이다. 우리가 상상하고 계획하고 있는 지
구의 백 년 후가 이런 모습이 아닐까. 로봇이 사람 일을 대신하고 과학
의 힘으로 선별된 유전자를 가진 인간들만 살아가는 곳이다. 그런데
우리가 열심히 달려가고 있는 세상이 랑랑별에선 이미 망해 버린 과

거라고 한다. 왜냐면 사람들이 오히려 할 일이 없고 하고 싶은 일도 없고 웃음과 울음도 없고 엄마의 사랑도 없었기 때문이다. 사람도 기계 같고 기계도 사람 같았다. 우리가 가려 하는 미래가 얼마나 무섭고 위험한 곳인지, 도대체 '발전'의 참뜻은 무엇인지 생각하게 된다.

참다운 행복이 있는 미래로 가는 길은 어디에 있나? 권정생은 《랑랑별 때때롱》 안에 그 길을 그려 놓았다. 그것은 인공위성을 쏘아 올리거나 줄기세포를 연구하는 일보다 훨씬 쉽고 가까운 일이다. 그냥 새달이네 아버지와 엄마처럼 아이들을 사랑하고 자연을 지키면 된다.

새달이네 아버지와 엄마가 사는 모습과 아이들을 대하는 모습은 유별나지도 않고 이야기 속에 많이 나오지도 않는다. 그런데 그 소박한 몸짓과 말에서 행복한 랑랑별로 가는 길이 보인다. 새달이네 부모는 그냥 자기 일을 부지런히 한다. 그리고 아이들이 아무리 엉뚱한 이야기를 해도 그냥 들어 준다. 맞았는지 틀렸는지 따지지 않고 믿어 준다. 공부 열심히 하고 어른 말 잘 들어서 훌륭한 사람 되라고 가르치지 않는다. 대신 밭을 가꾸고 씨앗을 뿌리는 일을 가르쳐 준다. 아버지는 농약을 치지 않고 농사를 짓고 엄마는 쓰레기를 버리지 않는다.

랑랑별 이야기를 듣던 새달이네 엄마가 말한다.

"그래, 아기는 엄마 뱃속에서 열 달 있다가 태어나야 해. 사람은 손수 땀 흘리며 일을 해야 하고. 그래야만 건강한 사람으로 살 수 있지. 랑랑별 사람들도 앞으로는 로봇 같은 기계는 만들지 말고 힘껏 일하면서 살았으면 좋겠다." (187쪽)

이런 마음이 아이를 사랑하는 마음이고 자연을 지키는 마음, 바로 권정생 마음이다.

권정생은 2006년에 이 동화를 썼고 2007년에 세상을 떠났다. 마지막 동화 작품인《랑랑별 때때롱》에는 많은 이야깃거리가 있다. 별처럼 빛나는 아이들의 마음, 판타지의 매력과 판타지와 엮인 옛이야기의 의미, 과학문명 발달의 편리함에 따르는 인간성의 상실, 그리고 자연 파괴에 대한 경고 메시지 등⋯⋯. 권정생은 떠나기 전에 이 동화 속에 하고 싶은 말을 많이 남겨 놓았다. 아이다움이 어떤 것인지, 부모다움이 어떤 것인지, 지구의 미래는 어떠해야 하는지를.

나는 권정생의 처음 동화 〈강아지똥〉이 권정생의 마지막 동화《랑랑별 때때롱》에 담겨 있음을 이야기하고 싶다. 랑랑별은 강아지똥이 바라보았던 노란별이다. 강아지똥이 꿈꿨던 아름다운 별이다. 아이들을 사랑하는 권정생의 소망이 이뤄지는 별이다.

이기영

'정리'를 좋아하고 '표 그리기'를 좋아합니다. 권정생 동화와 정리해 둔 자료를
주물럭거리며 글쓰기를 하는 것이 재미있습니다. 무게 있고 진지한 동화를 좋
아해서 권정생 동화를 읽었는데 장난스런 재미와 익살까지 묻어 왔습니다. 그
것들이 지금 내 속에 들어와 간질간질 꿈틀거리고 있습니다. 글을 쓰다 보면
언젠가 내 글에도 재미와 익살이 더해지지 않을까 내심 기대하고 있는 중입
니다.

– 1962년 서울에서 나고 자람
– 어린이도서연구회 편집부, 어린이문학연구분과, 출판문화위원회에서 활동
– 어린이도서연구회 교육연구국장, 이사 지냄
– 〈권정생 책 이야기〉(《창비어린이》 2007년 여름호) 정리 발표,
 《권정생의 삶과 문학》(원종찬 엮음, 창비, 2008)에 〈권정생 연보〉 정리 발표.

★

'거지' 권정생을 위한 진혼곡

〈어느 주검들이 한 이야기〉, 《깜둥바가지 아줌마》, 우리교육, 1998

1.

일본에서 태어난 권정생은 해방된 조국으로 돌아오자마자 거지가 되었다. 이른바 '일본 거지'였다. 그리고 "전쟁마당이 되어버린 세상에 서"(머리말, 《강아지똥》, 세종출판사, 1974) 병을 얻었고 가족과 헤어져 3 개월 동안 스스로 거지가 되었다. 비록 병 때문에 일을 할 수 없어 선택한 길이었으나 권정생은 그 기간 동안의 일을 누구에게도 얘기하지 않았을 정도로 부끄러워했다. 하지만 그는 구걸을 하면서 만난 고마운 사람들을 잊지 않았고 그때 고난을 몸으로 체험하며 읽은 성경을 잊지 못했다.

들판에 앉아서 읽었던 성경은 생생하게 몸으로 체험할 수 있었다. 머리로 읽는 성경은 자칫하면 환상에 그치고 말지만 실제로 체험하면서 읽으면 성경의 주인공과 대화하는 느낌이 드는 것이다. 나는 몇 번이나 죽음과의 싸움에서 눈물의 선지자 예레미야를 만났고, 아모스를, 엘리야를, 애굽에 팔려간 요셉을, 그리고 세례 요한을, 사도 바울을 만나볼 수 있었다. 그리고 가장 가깝게 나의 주 예수님을 사귈 수 있었던 기간이기도 했다. 《오물덩이처럼 딩굴면서》, 이철지 엮음, 종로서적, 1986, 221-222쪽)

권정생은 구걸로 배를 채울 수는 있었지만 너무 가혹하게도 혼자 외롭고 쓸쓸했다. 무엇보다 힘든 건 불쑥불쑥 죽고 싶은 마음이 파고 드는 것이었다. 그럴 때면 들판에 앉아서 성경을 읽었다. 성경의 주인 공들과 대화하고 의지하며 외로움과 고난을 이겨 냈다. 그리고 예수 님과 누구보다 가까운 친구가 되었다.

내 잠자리

사람의 손이 만든
콩크리트 다리 밑
오늘 밤은 거기를
빌어들었습니다.
주님
어쩌면 이런 자리에
누추하게 함께 주무실런지요. (부분)

나의 친구

사랑어린 눈으로

안아 주시면서

지난밤은 조금도

춥지 않았읍니다. (전문) (앞의 책, 218쪽)

권정생은 "콩크리트 다리 밑 누추한 잠자리"이지만 예수님이 "사랑어린 눈으로 안아" 주리라 믿었다. 그렇게 그는 외로움도 추위도 죽음과의 싸움도 이겨 낼 수 있었다. 그러나 아픈 몸으로 감행했던 거지생활은 권정생의 몸을 다시 회복할 수 없는 지경에 이르게 했고 마침내 얼마 살지 못할 것이라는 '선고'를 받게 된다. 그럴 때 권정생은 〈강아지똥〉〈똘배가 보고 온 달나라〉〈깜둥바가지 아줌마〉〈오누이 지렁이〉〈떠내려간 흙먼지 아이들〉* 들을 썼는데 이들 동화 속 인물들은 모두 죽거나 죽음을 기다린다. 권정생은 이들 동화에서 죽음 앞에 선 자신의 마음을 달래기라도 하듯 '죽음은 끝이 아니라 하늘나라에서 영원히 사는 것'이라는 희망적인 결말을 맺는다.

그러나 비슷한 시기에 쓴 〈어느 주검들이 한 이야기〉는 좀 다르다.

---

* 〈강아지똥〉〈똘배가 보고 온 달나라〉〈깜둥바가지 아줌마〉〈오누이 지렁이〉〈떠내려간 흙먼지 아이들〉〈어느 주검들이 한 이야기〉 들은 모두 권정생 첫 동화집《강아지똥》에 실린 것으로 1968년부터 1972년 즈음에 쓴 작품들이다.

추운 밤, 거지 사나이가 죽었다. 절름발이에 누더기를 입은 거지 사나이는 "하늘의 별들까지도 오들오들 떪"(157쪽) 만큼 추운 밤 쓸쓸하게 죽는다. 그 사나이는 "교회당이 있는 마을을 찾아가던 길"(159쪽)인지 아니면 "마을을 지나서"(159쪽) 걸어온 것인지 알 수 없으나 "추워서 추워서, 떨다가 얼어 죽은"(159쪽) 것이다. 사나이가 죽은 뒤 시체에 붙은 작은 주검들, 즉 사나이의 눈, 귀, 입, 손, 다리 등이 그의 불쌍한 죽음에 대해 이야기를 들려 준다.

사나이의 '눈'이 이야기한다. 사나이는 "죽는 것이 두려우면서, 죽기 위해 땅만 보고"(162쪽) 걸었노라고. 그러다 땅바닥조차 보기 싫어서 눈을 감고 걷다가 가로수에 부딪히고 언덕 아래로 넘어지기도 했노라고. '귀'는 "구걸하러 다니는 거지에게 따뜻한 말씨로 얘기하는 사람은 흔하지"(164쪽) 않아 사나이의 마음을 아프게 했는데 그럴 때마다 개울물 소리, 풀벌레 소리 같은 자연의 소리에 귀 기울이면 어머니 품속같이 아득해지고 어머니의 음성이 들렸다고 한다. '입'은 "다만 노래를 실컷 불러 보고 싶었"(166쪽)다. '손'은 한손으로 지팡이를 잡느라 깡통을 들고 다니는 일이 힘들었지만 사나이가 "두 손을 마주 잡고 따스하게 기도를 해준 것"(169쪽)을 잊지 못했다.

'다리'는 이 모든 게 전쟁 때문이라고 했다. 사나이가 절름발이가 된 것도 거지가 된 것도 모두 전쟁 때문이었다. 사나이가 아홉 살 때 전쟁이 일어났다. "이 세상에서 제일 고약한 폭군"(170쪽)이었던 전쟁 때문에 사나이는 다리 한 짝을 잃었다. 절름발이가 된 사나이가 할 수 있는 일거리는 아무것도 없었다. 지게를 질 수도 없었고, 모내기도 풀베

기도 못했다. 결혼을 했지만 일을 하지 못하니 일 년을 채 못 살고 아내가 도망을 가 버렸다. 그로부터 사나이는 거지가 된 것이다.

거지 사나이는 그렇게 불쌍하게 살다 외롭게 죽었다. 그런데 사나이의 죽음을 아무도 모르고 슬퍼해 주는 사람이 없으니 제 몸의 일부가 나서서 애도하는 것이다. 사나이의 죽음을 시체에 붙은 작은 주검들이 위로한다는 설정이야말로 가장 외롭고 쓸쓸한 죽음의 끝을 보여 준다. 권정생은 비슷한 시기에 쓴 다른 동화들에서는 죽음은 끝이 아니고 하늘에서 영원할 것이라고 일관되게 이야기하지만 이 동화에는 "집이 너무 많아, 더 세울 곳이 없다는 땅나라에서, 집이 없어 바깥에서 얼어 죽은"(159쪽) 바보 같은 거지 사나이의 죽음만 있을 뿐이다.

2.

흔히 제 몸을 잘게 부숴 민들레꽃을 피운 〈강아지똥〉을 두고 작가 권정생의 삶과 견준다. 강아지똥이 권정생이고 권정생이 강아지똥처럼 느껴진다고들 한다. 〈어느 주검들이 한 이야기〉에 등장하는 사나이도 마찬가지로 권정생처럼 느껴진다. 특히 이 동화에는 '거지'로 떠돌던 시기의 권정생 마음과 생활이 어렴풋이 그려진다. 거지 사나이처럼 권정생도 죽는 것이 두려우면서도 죽고 싶을 만큼 외로웠고 사람들의 놀림과 시선이 고통스러웠다. 그럴 때면 어머니를 떠올리거나 깡통에 먹을 것을 챙겨 주던 고마운 사람들을 생각하며 감사의 기도를 드렸다. 거지 사나이가 굳이 교회당이 있는 마을을 찾아다니는 건 들판에 앉아서 성경책을 읽고 밤마다 예수님에게 의지하고 기도하던 '거지 권정생'의 마음을 표현한 것이 아니었을까.

병을 앓으면서 나는 언제나 건강해지면 조그만 논과 밭에서 농사를 지으며 될 수 있으면 결혼도 하고 아기도 키우며 가난하더라도 산새와 들꽃과 함께 어울려 살고 싶었다. 그것만이 사람답게 사는 길이라고 믿었다. (《열여섯 살의 겨울》, 《밭 한 뙈기》, 아리랑나라, 2008, 147쪽)

〈어느 주검들이 한 이야기〉에서 사나이는 푸른 하늘 아래서 새 소리 들으며 노래 부르고 땀 흘려 일하며 아내와 행복하게 살고 싶었다. 그러나 사나이는 큰 욕심도 아닌 이 가난하고 소박한 꿈을 이루지 못했다. 그런 사나이의 소박한 꿈은 곧, 권정생의 꿈이었다. 권정생도 건강해지면 농사를 지으며 결혼도 하고 아기도 키우며 살고 싶었다. 가난하더라도 그렇게 사는 것이 사람답게 사는 길이라고 믿었다. 그러나 권정생도 그 가난한 꿈을 이루지 못했다. 전쟁 때문에 중학교 진학을 못했고 점원으로 일하다 병을 얻었으나 돌봐 주던 어머니가 돌아가시자 결국 권정생도 거지가 되었다. 자신의 잘못도 없이 거지로 떠돌아야 했던 권정생이 밤마다 생각한 건 '죽음'이었다.

그즈음 나의 머리에는 죽음이란 생각이 잠시도 떠나지 않았었다.

어떻게 하면 남에게 내 추한 모습을 보이지 않고 자취 없이 죽을 수 있을까를 골똘이 생각했다. 오늘 밤엔 꼭 뒷집에서 삽이나 괭이를 빌려 인적이 드문 산 속에 구덩이를 파고 들어가 죽어 버려야지 하고 별렀다. 실제로 나는 몇 번인가 죽을 수 있는 장소를 보아 두기도 했었다. 그러나 밤이 되면 낮에 마음먹은 것이 물거품처럼 사라지고 나의 죽음은 또 다음날로 미뤄지는 것이었다. 《오물덩이처럼 딩굴면서》, 220쪽) ˙

　권정생이 "어떻게 하면 남에게 내 추한 모습을 보이지 않고 자취 없이 죽을 수 있을까" 골똘히 생각한 건 거지 사나이처럼 바보같이 죽고 싶지 않았기 때문이었을 것이다. 사나이는 죽고 싶어 땅만 보고 걷거나 눈을 감고 걸었지만 결국 길에서 얼어 죽었다. 거지 사나이의 죽음이야말로 권정생이 거지로 떠돌면서 보았을, 가장 비참한 죽음이었다. 그런 죽음을 맞고 싶지 않았던 권정생은 날마다 "산 속에 구덩이를 파고 들어가 죽어" 버릴 생각을 했다. 그렇게 머리에서 "죽음이란 생각이 잠시도 떠나지 않았"지만 차마 죽을 수 없었고 죽음은 다음날로 미뤄지고 또 미뤄졌다. 권정생은 그렇게 거지로 산 3개월 동안 죽음과 싸움을 벌였다.
　〈어느 주검들이 한 이야기〉에서 거지 사나이는 죽었다. 전쟁 때문에 병 때문에 가난 때문에 세상에게 가족에게까지 버려진 사나이는 바로 권정생 자신이었다. 죽고 싶었지만 죽지 못한 권정생은 사나이의 죽음을 통해 세상에 억울하고 서러운 마음을 토해 냈다. 사나이의 죽음을 보는 권정생의 시선은 냉정할 정도로 담담하다. 〈강아지똥〉을 비롯한 다른 작품들처럼 죽음이 끝이 아니라는 마음의 위안 따위가 자리할 곳도 없이 이 동화에서 사나이의 죽음은 외로움과 차가운 현실 그 자체다.

거지로 떠돌며 생각한 죽음이 관념이었다면 얼마 살지 못할 것이라는 선고를 받음으로써 권정생에게 죽음은 현실이 되었다. 그럴 때 그는 〈강아지똥〉으로 죽음이 끝이 아니라고 자신을 위로하기도 하고 〈어느 주검들이 한 이야기〉로 자신의 죽음을 상상하기도 하면서 죽음에 대한 생각을 정리할 수 있었을 것이다. 무엇보다 사나이의 죽음을 통해 자신의 죽음을 정면으로 대면하고 나서야 권정생은 비로소 죽음은 끝이 아니라고, 하늘나라에서 영원히 살 수 있는 것이라고 받아들이지 않았을까. 죽음은 끝이 아니다! 꼭 종교적이 아니더라도 죽음에 대한 모든 원망과 아픔과 두려움을 이겨 내고서야 할 수 있는 말이지 않는가. 〈어느 주검들이 한 이야기〉는 거지 사나이의 외롭고 쓸쓸한 죽음을 슬퍼하며 작은 주검들이 들려 주는 서러운 진혼곡이다. 어쩌면 날마다 죽음을 생각했던 '거지' 권정생이 죽음 앞에서 자신을 위해 쓴 진혼곡은 아니었을까.

★
종지기 아저씨

《도토리 예배당 종지기 아저씨》, 분도출판사, 1985
〈종지기 아저씨〉,《달맞이산 너머로 날아간 고등어》, 햇빛출판사, 1985
〈새벽 종소리〉,《짱구네 고추밭 소동》, 웅진, 1991

1.

권정생은 예배당 종지기였다. 1968년 예배당 문간방에 들어가 살기 시작하면서 날마다 새벽이면 일어나 종을 쳤다. 추운 겨울에도 장갑을 끼지 않고 종줄을 잡았다. "성에가 끼고 꼬장꼬장 얼어버린 종줄을"(《새벽종을 치면서》,《샘터》, 1980년 2월호, 26쪽) 잡으면 손이 시리지만 맨손으로 종줄을 잡고 쳐야만 서툴지 않게 조절할 수 있기 때문이었다. 권정생이 맨손으로 한번 한번 종줄을 잡아당겨 가장 아름다운 종소리를 내려고 정성을 들이는 것은 "깨끗한 하늘에 수없이 빛나는 별들과 종소리가 한데 어울려 더없이 성스럽게 우주의 구석구석까지 아름다운 음악으로 채워지는 순간"(같은 쪽)을 사랑하기 때문이며 또 그가 바라는 염원이 있기 때문이다.

그것이 너무 추상적이고 황당한 염원인지는 모르지만, 새벽하늘에 반짝이는 별의 수만큼이나 나의 바램은 한없이 많다. 종줄을 한번한

번 잡아당기면서 하느님께 기도드리듯 쏟아지는 나의 바램들.

불치의 병을 가진 아랫마을 그 애의 건강을, 이 새벽에도 혼자 외롭게 주무시는 핏골산 밑의 할머니의 앞날을, 통일이 와야만 할아버지를 뵐 수 있다는 윗마을 승국이 형제의 소원을, 그리고는 어서어서 예수님이 오시는 그 날이 와서 전쟁이 없어지고, 주림이 없어지고, 슬픔과 괴롬이 없어지고, 사막에도 샘이 솟고, 무서운 사자와 어린애가 함께 뒹굴고, 독사의 굴에 어린이가 손을 넣어 장난치고, 다시는 헤어짐도 죽음도 없는 그런 나라가 오기를…….

이런 것들을 끝도 없이 쏟아놓으며 예순 번이 넘도록 치던 새벽종을 그친다. (앞의 책, 26-27쪽)

맨손으로 잡아당겨 울리는 그 종소리는 그대로 권정생의 정성 어린 기도였다. 권정생이 새벽마다 종을 치며 드리는 기도가 더욱 간절했던 건 아마도 병마에 시달렸던 그의 처지 때문이었을 것이다. 현실은 전쟁 때문에 분단 때문에 주림 때문에 슬프고 괴로운데 그가 할 수 있는 일이란 새벽마다 종을 치며 기도를 드리는 일, 그리고 글을 쓰는 일뿐이었다.

권정생이 새벽종을 치며 기도드리는 자신의 이야기를 동화로 처음 쓴 건 1978년 6월 《기독교교육》에 발표한 〈어느 종치기 아저씨가 울리는 새벽 종소리〉란 동화다. 이 동화는 나중에 〈새벽 종소리〉로 제목만 바뀌어 《벙어리 동찬이》(웅진, 1985)에 실렸고, 지금은 《짱구네 고추밭 소동》(웅진, 1991 초판, 2002 개정판)에서 볼 수 있다.

〈새벽 종소리〉는 다른 인물 없이 말 그대로 '종치기 아저씨'가 간절한 마음으로 예배당의 종을 치는 이야기다. 종치기 아저씨는 첫 번째 종소리로 외딴 오두막 할머니를 깨운다. '외딴' 집의 할머니에게 가장 '우렁찬' 첫 번째 종소리를 날려 보내는 종치기 아저씨의 따뜻한 마음이 담긴다. 그리고 종치기 아저씨는 꼭 새벽기도에 오지 않는 사람들을 위해서도 정성껏 종을 친다. "새날을 알리고 하나님께 감사하며 착하게 굳세게 살아가도록 알려"(《짱구네 고추밭 소동》, 웅진, 2002 개정판, 14쪽) 주기 위해서 새벽마다 정성을 다해 밧줄을 당기는 것이다. "사람들이 사는 집만 찾아가는 것이 아니라 부엉이랑, 까치집이랑, 산돼지네 집도, 늑대네 집도"(앞의 책, 11쪽) 찾아가 짐승들에게도 고루고루 종소리가 퍼져 사람도 짐승도 새들도 한 식구가 되어 평화롭게 살기를 기원한다.

〈새벽 종소리〉에 나오는 '종치기 아저씨'는 '종지기 아저씨'의 탄생을 준비하는 전조처럼 여겨진다. 잘 알려진 '종지기 아저씨'는 단편 〈종지기 아저씨〉(《달맞이산 너머로 날아간 고등어》, 햇빛출판사, 1985)와 《도토리 예배당 종지기 아저씨》(분도출판사, 1985)에 등장하는 인물이다. 〈새벽 종소리〉와는 달리 이들 작품에는 생쥐가 등장한다. 그리고 평범하게 예배당 종을 치던 '종치기 아저씨'는 생쥐와 티격태격하는 '종지기 아저씨' 캐릭터로 새롭게 탄생한다. '종지기 아저씨'는 1984년 민들레교회에서 펴내는 주보 〈민들레교회 이야기〉에 연재했던 동화다. 연재 당시 '종지기 아저씨'란 제목에 '소쩍새 우는 밤' '높은 보좌 위의 하느님' 등으로 부제를 붙여 발표했고 그 글을 모은 것이《도토리 예배당 종지기 아저씨》이다.

1980년대 초중반 그 억압의 시대에 권정생은 세상에 화가 무척 많이 나 있었지만 병마와 싸우느라 아무것도 할 수 없었다. 그런 나약한 자신의 모습을 형상화한 인물이 '종지기 아저씨'다. 비단 '종지기 아저씨'는 권정생 자신뿐만 아니라 분단의 땅에서 나약하고 줏대 없이 살고 있는 우리들의 모습이기도 하다. 그러나 40대 중반이었던 권정생의 가슴속 저 밑바닥에는 정의와 평화와 통일을 꿈꾸는 뜨거운 무언가가 꿈틀거렸다. 권정생은 '허수아비처럼 해해해해 웃으며 쩨쩨한' '종지기 아저씨'뿐만 아니라 다른 한편으로는 자신의 내면이 요구하는 진실을 담아낼 인물이 필요했다. 그가 만들어낸 인물은 '생쥐'다.

2.

권정생은 "한 마리 벌레라 할지라도 살아 있는 것은 결국 조물주가 만든 이 우주의 한 식구라는 생각"(〈그해 가을〉, 《새가정》, 1975년 11월호, 35쪽)에 잡아 버리지 않았다. 그래서 그의 작은 문간방에는 먹을 것을 찾아서, 추위를 피해서 찾아드는 작은 '손님'들이 늘 있었다. 온종일 있어도 얘기할 사람이 없는 권정생에게는 고마운 동무들이다. 생쥐, 토끼, 참새, 개구리들인데 그중에 생쥐는 둘도 없는 동무였다. 그는 생쥐에게 이불 한편을 내주고 추운 겨울을 함께 지냈다.

제가 이 조그만 예배당 문칸방에 와서 기거한지도 벌써 만 14년째
가 되어버렸읍니다. 그동안 늘 혼자였지요. 함께 살아온 건 샛문을
사이에 둔 옆방을 오락가락하면서 말썽을 부려온 생쥐 몇 마리뿐입
니다. 꼭 어머니들이 바느질할 때 손가락에 끼는 골무만한 쥐가 밤낮
으로 방구석으로 볼볼 기어 다니는 것입니다. 잡을려고 해도 잡히지
도 않고 좀 귀찮게 굴지만 어쩐지 10여년 같이 살다보니 정이 들어
버렸읍니다.

추운 겨울철엔 아랫목 이불 속에 들어와 옹쿠리고 자고 가기도 합
니다. 밤중에 발바닥이 간지러워 퍼뜩 잠이 깨면 그게 발밑으로 자
꾸 파고드는 것입니다.

아침에 일어나면 먼저 쏜살같이 도망쳐버립니다만, 때로는 이불을
개켜도 그냥 잠든 채 오구리고 있는 모습이 도저히 밉지가 않습니다.
자고 있던 둘레엔 깜장깨알만한 똥덩이가 몇 개 흩어져 있고 가끔
오줌도 싼 자국이 있읍니다. 당연한 거지요. (《다시 김 목사님께 (상)》,
《월간목회》, 1982년 8월호, 193-194쪽)

추운 겨울 생쥐는 아랫목 이불 속에 들어와 잘 자고서는 똥오줌을
싸 놓고 쏜살같이 도망쳐 버렸다. 권정생은 생쥐가 이불에 오그리고
잠들어 있는 모습조차 밉지 않다고 했다. 하지만《도토리 예배당 종지
기 아저씨》에서 그는 한껏 상상력을 발휘하여 오줌 싼 생쥐와 한바탕
말싸움을 벌인다.

"그래, 왜 이불에다 오줌을 쌌느냐 말이다!"

"잘못했어요. 아저씨!"

"잘못했다고 하면 다냐? 똥 눈 건 꼬들꼬들 말라서 이불 버리지 않지만 오줌은 이불에 배어 버려 지린내가 난단 말이다."

"쬐끔밖에 누지 않았는 걸 가지고 너무하세요."

"쬐끔 누거나 이불 한 장 흠뻑 싸거나, 한 번 빨기는 마찬가지야. 차라리 흠뻑 많이 눴으면 빠는 보람이라도 있지."

"하지만 요렇게 쬐끄만 게 무슨 수로 그 큰 이불을 흠뻑 적시도록 오줌을 눌 수 있어요?"

"에그, 쬐끄만 게 주둥이만 까져 가지고 꼬박꼬박 말대꾸하는 것 좀 보라지."

아저씨는 엄지와 검지로 꼬랑지를 비틀었습니다.

"아이구 아파라! 아저씨는 흡사 학생 데모 진압하러 나온 기동 부대원 같다."《도토리 예배당 종지기 아저씨》, 분도출판사, 2007 개정판, 9-10쪽)

《도토리 예배당 종지기 아저씨》는 활기차고 유머가 있고 솔직하고 웃음과 재미가 있는 동화다. 마치 어린 아이들 싸움처럼 감정에 충실하고 말꼬리를 물고 늘어지고 앞뒤 말이 안 맞기도 한다. 고작 생쥐가 싼 오줌 때문에 종지기 아저씨는 생쥐와 말싸움을 벌이지만 그 속에 현실을 비꼬는 가시가 있다. 생쥐는 꼬랑지를 비튼 아저씨를 보고 "학생 데모 진압하러 나온 기동 부대원 같다"고 대뜸 받아치며 폭력과 억압이 난무하는 현실을 비꼰다. 그럴 때마다 종지기 아저씨는 쩨쩨하고 나약한 소시민의 모습을 보이지만 사실은 전쟁을 반대하고 평등과 평화를 꿈꾸고 어서 빨리 통일이 오기를 바라는 마음에다, 장가를 가고 싶은 마음이 굴뚝이라는 것까지도 생쥐 앞에서는 꼼짝없이 다 들킨다. 권정생이 예배당 문간방 방문을 들락거리는 생쥐를 보며 독백처럼 쏟아 냈던 말들이 《도토리 예배당 종지기 아저씨》에서 생쥐의 입을 통해 해학과 풍자의 옷을 입고 세상 밖으로 나온 것이다.

《달맞이산 너머로 날아간 고등어》에 실린 〈종지기 아저씨〉에서는 종지기 아저씨와 생쥐가 통일을 한다. "이불 속에서 보로로 쫓아 나와 문구멍으로 빠져"(23쪽) 달아나는 생쥐를 보고 아저씨가 기가 찬다는 투로 "그래, 그래 너하고 나하고는 통일됐다"(24쪽)고 하자 생쥐는 "아저씨하고 나하고 통일, 통일, 통일……"(24쪽)이라고 따라 말하며 좋아한다. 생쥐가 문구멍을 뚫어놓고 자유롭게 들락거리는 것만으로 아저씨와 생쥐는 통일을 한 것이다.

〈다람쥐 동산〉(《하느님의 눈물》, 산하, 1991)에서 아기 다람쥐들은 울타리에 구멍을 내어 통일하였고, 〈바닷가 아이들〉(《바닷가 아이들》, 창비, 1988)에서 남북 아이들은 감자를 먹으며 통일하였다. 이 간단한 걸 못해서 우리는 60년이 훨씬 넘도록 분단의 시대를 살고 있다. 권정생은 "복잡한 건 모두가 가짜"(《도토리 예배당 종지기 아저씨》, 188쪽)라고 했다. 복잡하게 얘기하는 사람들도 모두 다 가짜다. 정치 사회 경제 문화 종교 그 어떤 문제에 대해서도 '종지기 아저씨' 답은 언제나 간단명료하다. 전쟁이 없는 세상에서 모두 다 자유롭고 평화롭게 사는 것이다.

  병 때문에 죽을 만큼 고통스러웠지만, 그러나 권정생은 살아 있기 때문에 싸웠다. 글을 쓰는 것도 치열한 싸움이다. 겁 많고 인정 많고 눈물 많은 '종지기 아저씨'나 누구도 범접할 수 없는 박식함과 옳은 소리를 술술 풀어내는 입담으로 세상을 통렬히 풍자하는 '생쥐'는 모두 권정생 자신의 모습을 형상화한 것으로 자신과의 치열한 싸움 속에서 만들어진 인물이다.《도토리 예배당 종지기 아저씨》에서 종지기 아저씨와 생쥐의 싸움은 세상과의 싸움이요, 권정생 자신과의 싸움이다. 싸움을 하지 않는 건 죽은 것과 마찬가지일 터이다.

  권정생이 1980년대 초 헐벗은 예배당 문간방에서 만들어 낸 '종지기 아저씨'는 권정생 자신의 모습을 통해 독재와 억압에 시름하는 세상에 일침을 가하는 통쾌하면서도 서글픈 우리들의 자화상이었다.

★
사람답게 살기 위하여

〈바닷가 아이들〉《바닷가 아이들》, 창비, 1988
《초가집이 있던 마을》, 분도출판사, 1985
《몽실 언니》, 창비, 1984
《점득이네》, 창비, 1990

1.

〈바닷가 아이들〉이란 동화가 있다. 권정생이 《초가집이 있던 마을》 연재를 시작하던 1978년 무렵에 쓴 것이다. 줄거리는 이렇다. 황해도 해주에 사는 태진이가 배를 타고 놀다가 경기도 자라섬에 동수가 사는 마을로 떠내려 온다. 어른들에게 배운 대로 하자면 북에서 온 태진이를 간첩으로 신고해야 하지만 동수가 보기엔 태진이는 함께 헤엄도 치고 감자도 나누어 먹으며 재미있게 논 친구일 뿐이다. 동수는 태진이가 무사히 집으로 돌아갈 수 있도록 물과 먹을 것을 챙겨 주고 통일이 되면 다시 만나자고 약속하며 헤어진다. 이 작품은 당시 발표하지 못하고 쓴 지 10년이 지난 1988년에야 동화집 《바닷가 아이들》에 수록되어 세상에 나왔다. 권정생은 그 까닭을 '머리말'에 이렇게 쓴다.

소년 영웅 이승복 군의 반공 이야기가 교과서에서부터 잡지, 만화

책에까지 많은 사람들의 손으로 작품화되어 아이들에게 읽히고 있던 때여서 '바닷가 아이들'은 한층 위험스런 작품이었을지도 모릅니다.

반공은 이 나라의 국시(확정되어 있는 한 나라의 방침)니까 마땅히 아이들을 반공 전선으로 몰아넣어 같은 겨레를 원수로 가르쳐 미워하게 한 것인지는 모르겠습니다.

돌이켜 보면 지난 사십 년 동안 이 반공이란 지휘봉 하나로 모두가 하나의 꼭두각시 인형이 되었습니다. 교육자도, 성직이라 하는 종교 지도자도, 예술인도, 문학인도, 그 지휘봉에 따라 똑같이 지옥으로 치달았던 것입니다. (머리말,《바닷가 아이들》, 창비, 1988)

"아이들을 반공전선으로 몰아넣어 같은 겨레를 원수로 가르쳐 미워하게" 한 반공시대에 남쪽의 동수와 북쪽의 태진이는 "우리는 같은 단군 할아버지 자손"이며 "형제"라고 말한다. 이런 동화가 세상에 나오기란 그야말로 너무 위험한 일이었다. 그러나 권정생은 "북한을 공산 괴뢰 집단으로만 표현해야 문학을 할 수 있었던 부끄러운 현실을, 동화를 쓰는 한 사람"으로 가슴 아프게 반성하며 〈바닷가 아이들〉을 썼다. 그렇게 시작한 '반(反)반공' 동화는 10여 년에 걸쳐 이른바 '권정생 소년소설 3부작'이라 불리는《초가집이 있던 마을》《몽실 언니》《점득이네》로 이어진다.

2.

《초가집이 있던 마을》은 잡지《소년》에 1978년 1월부터 1980년 7월까지 연재를 했으니 유신독재 정권이 마지막 발악을 할 때 시작해서 '80년 민주화의 봄'을 지나는 동안 썼다. 그때 권정생은 사십대 초반의 나이였다. 서슬 퍼런 시대 〈바닷가 아이들〉은 써 놓고도 발표를 접었어야 했지만《초가집이 있던 마을》은 연재를 시작한다. 아마도 연재였기에 발표가 가능했으리라. 단편 〈바닷가 아이들〉은 동수와 태진이를 통해 남북은 한민족임을 강조하며 통일을 꿈꾸는 결말이 한눈에 드러난다. 그러나《초가집이 있던 마을》은 연재 초기 한 마을 아이들의 가난하지만 평화로운 삶을 그리는 것으로 시작한다. 이 작품을 통해 "과연 육이오전쟁이 왜 일어났는지 생각해" 보라 했던 권정생은 회를 거듭하며 전쟁이 일어나고 피난을 가고 죽음을 당하는 아이들의 삶이 얼마나 어떻게 비참한지 보여 준다. 더구나 종갑이는 미군의 트럭에 치여 억울하고 불쌍하게 죽고, 월북한 아버지에게 총부리를 겨누게 된 복식이는 자살로 분단현실에 항거한다. 1980년 7월《소년》지에 발표된 연재 마지막 회에서 복식이 유서는 어느 투사의 것보다 선동적이다. 1980년 민주화의 함성이 전국에 울렸던 그 봄에 썼을 권정생의 기운이 느껴지는 듯하다. 병마와 싸우며 고군분투하던 사십대 초반의 권정생은 비록 몸은 나서지 못하지만 글로써 자유와 해방을 외쳤다.

나는 나의 죽음을 소중히 여긴다. 나 자신이 스스로 갈 길을 택할
수 있다는 자부심도 생겼다. (…)

우리는 해방이 되어야 한다. 보이지 않는 올가미를 우리 손으로 벗
겨야 한다. (…) 해방은 누가 시켜주는 것이 아니다. 네 손으로, 네 몸
으로 해방을 해야 한다. 사람은 해방하지 않고, 자유하지 않고는 아
무런 가치 없는 썩은 고기와 같다. (…)

그러기 위해 해방되어라. 사슬을 끊고 자유를 찾아라. (《초가집이
있던 마을》, 분도출판사, 1985, 321쪽)

아버지와 총부리를 겨누어야 하는 현실, 그런 현실에서 해방되고
자유를 찾으라고 외치며 스스로 목숨을 끊은 복식이의 선택은 사람
답게 살기 위한 절규이고 저항이었다. 총칼로 자유와 민주를 짓밟고
수많은 광주 민중을 학살한 신군부 정권이 이런 복식이의 절규와 저
항을 그냥 둘 리 없다. 계획했던 단행본 출판은 접어야 했다. 그러나
권정생은 '반반공' 글쓰기를 멈추지 않고 일 년 쯤 휴식을 취하다《몽
실 언니》연재를 시작했다.

3.

《몽실 언니》는 잔악무도한 신군부 정권 아래서 연재 중단의 아픔
을 감내하면서 썼다. "1981년 울진*에 있는 조그만 시골교회 청년회

지에 연재를 시작해서 3회쯤 쓰다가"(머리말,《몽실 언니》, 창비, 2000 개정2판) 1982년 1월부터 《새가정》이란 잡지에 옮겨 다시 연재를 하여 1984년 3월까지 썼다. 그런데 "아홉 번째와 열 번째 꼭지에 나오는 인민군 이야기"(같은 곳) 때문에 연재 중단을 하게 되었다. 이 두 꼭지에는 인민군 세 명이 나온다. 몽실이가 태극기를 잘못 달았을 때 비탈길을 달려와 인민국기로 바꿔 달아 주고 태극기를 아궁이에 태워 준 인민군 아저씨, 배고픈 난남이를 위해 쌀과 미숫가루를 주며 몽실이의 손을 잡아 주던 여자 인민군 최금순 언니, 싸움터로 가던 길에 몽실이를 만나 어머니 생각에 눈물짓던 의용군 아이 이순철이 등장한다. 몽실이는 이 인민군들을 모두 '사람'으로 만났다. 더구나 몽실은 잠깐 만난 인민군 아저씨에게서 외로움을 느낄 만큼 사람의 정을 느꼈다.

청년은 몽실의 가슴에 안긴 난남이의 조그만 손을 꼭 쥐었다가는 놓고 황급히 달려 나갔다. 몽실은 웬지 갑자기 외로움이 가슴 안으로 몰려왔다. 인민군 청년이 잠깐 동안 남기고 간 사람의 정이 몽실을 외롭게 한 것이다.

사람은 누구나 사랑을 느꼈을 때만이 외로움도 느끼는 것이다. 그

---

* 권정생은《점득이네》머리말에서 《몽실 언니》를 처음 김영동 목사님이 만들던 교회 청년 회지에 연재"했다고 썼다. 안상학은《창비어린이》2011년 봄호에 실린 〈권정생이 그린 몽실의 길과 마을 - 《몽실 언니》무대를 찾아서〉라는 글에서 '1981년 당시 김영동 목사는 삼척에 있는 화가교회에, 이현주 목사는 울진에 있는 죽변교회에 있었는데 두 사람과 교분이 두터웠던 권정생이 착각한 것 같다'며 울진에 있는 교회가 아니라 "강원도 삼척군 원덕읍 축천 2리(지금의 산양리)에 있던 '화가교회' 청년회지"라고 했다.

것이 친구이든 부모님이든 형제이든 낯모르는 사람이든, 사람끼리만이 통하는 따뜻한 정을 받았을 땐 더 큰 외로움을 갖게 되는 것이다.
《몽실 언니》, 창비, 2007 개정3판, 113-114쪽)

인민군 아저씨나 몽실이나 모두 전쟁에 지쳐 힘들고 외로웠다. 사람과 사람이 만나 그 외로움을 나누는 데 국군인지 인민군인지 그건 중요하지 않다. 최금순 언니는 "국군과 인민군이 서로 만나면 적이기 때문에 죽이려 하지만 사람으로 만나면 죽일 수 없다"(앞의 책, 124쪽)고 했다. 의용군 아이 이순철도 싸움터에 나가 인민을 못살게 하는 반동분자를 죽이겠다며 몽실이와 시비를 벌였지만 사실은 외롭고 무서웠기 때문이다. 사람이 사람을 죽이는 전쟁, 더구나 한 민족이 총을 겨누는 전쟁을 이해할 사람은 아무도 없다.

권정생은《몽실 언니》에서 국군과 인민군은 적이 아니라 한 민족이라는 걸 강조했다.《초가집이 있던 마을》에서 미처 피난을 가지 못한 복식이 아버지는 인민군을 돕다가 월북했다. 국군과 인민군으로 나뉜 건 피난을 갔는지 못 갔는지, 남쪽에 사는지 북쪽에 사는지 그 차이였다. 그러나 국군도 인민군도 모두 우리들의 아버지다.

연재 중단 후 권정생은 이야기 줄거리를 조금씩 고쳐서 연재를 마쳤다. 그래서 인민군 아저씨가 후퇴를 하다가 길이 막혀 지리산으로 숨어 들어와 빨치산이 된 뒤 마지막 숨을 거두면서 몽실이한테 "……몽실아, 남과 북은 절대 적이 아니야. 지금 우리는 모두가 잘못하고 있구나……"(앞의 책, 5쪽)라는 편지를 보내는 장면이 있었는데 모두 지위야 했다. 권정생은 줄거리를 검열받고 고쳐서 다시 쓰게 되니 그만 쓸까도 생각했지만 연재를 마치기로 한다. 아홉 번째와 열 번째 꼭지에 인민군 이야기로 《몽실 언니》에서 하고 싶었던 이야기를 어느 정도 다 했다고 생각했기 때문이다.

《몽실 언니》가 빛나는 건 재미와 감동을 주는 작품성은 물론이거니와 6. 25 전쟁 하면 반공동화가 판을 치던 때에 인민군을 '사람'으로 그렸다는 점이다. 그것도 신군부가 정권을 찬탈하여 자유와 민주를 억압하고 언론을 통제하여 글쓰기 숨통을 꽉꽉 조이던 1980년대 초반에 말이다. 권정생은 용감했다.

4.

《점득이네》는 1987년 3월부터 1989년 1월까지 불교 잡지 《해인》에 연재했다. 연재를 시작하던 그해는 박종철 고문치사 사건이 도화선이 되어 6. 10 민주항쟁으로 이어졌던 때였다. 이런 민주화 정국은 권정생의 글쓰기에도 영향을 미친다. 《점득이네》에서 권정생은 해방, 6. 25 전쟁, 미군에 대해 둘러 말하지 않는다.

점득이네가 만주에서 압록강을 건너와 며칠 밤 신세를 진 오두막집 할머니는 소련군 총에 맞아 죽은 점득이 아버지 얘기를 듣고 "해방이 되었다면 왜 아라사놈(소련놈)이 사람을 죽이는 거"(14쪽)냐며 "이젠 왜놈 대신 아라사놈들이 조선을 차지한"(14쪽) 것이고 "이남은 미군이 차지"(14쪽)했으니 해방이 아니라 "주인이 바뀐"(14쪽) 것이라 했다. 점득이 외가가 있는 모과나무골 중탁이 아버지도 진짜 해방을 위해서는 젊은이들이 일어나야 한다며 "일본이 물러간 것으로 해방됐다고 생각해서는 안"(46쪽) 된다고 했다. "진짜 해방은 자유가 있어야"(46쪽) 되는데 "삼팔선 그어놓고 남북을 갈라놓은 건 더 큰 자유를 잃게 되는 것"(46쪽)이니 해방이 아니라는 말이다. 6. 25 전쟁은 1950년 6월 25일 북한 공산당이 밀고 내려와 일으킨 전쟁이라는 논리를 벗어나 《점득이네》에서는 "멀리 미군 병사가 지키고 있다는 삼팔선 쪽에서 끊임없이 대포소리, 총소리가 나더니 기어코 전쟁이 터지고 만 것"(117쪽)이라고 했다.

해방이 되었다지만 일본 대신 미국과 소련이 들어와 삼팔선을 그어놓고 서로 싸움을 하더니 전쟁이 일어났다. 남과 북에 사는 우리 민족은 자기도 모르는 새 국군과 인민군으로 편이 갈라져 전쟁에 내몰렸다. 우리 민족이 미국과 소련의 편으로 갈라진 전쟁, 그것이 1950년 6월 25일 우리 땅에서 일어난 가장 비극적인 전쟁, 6. 25 전쟁인 것이다.

점득이 아버지는 소련군 총에 맞아 죽었고, 엄마는 고향 모과나무골 강둑에서 미군 비행기의 폭격으로 죽었다. 미군은 점득이 엄마와 마을 사람들이 입은 흰옷을 표적 삼아 폭격을 가했다. 인민군 유격부대가 미군 야전부대에 기습공격을 해서 미군이 죽자 미군은 그 보복을 마을 사람들에게 한 것이다. 오백 여명에 달하는 사람들이 죽었다. 미군은 자신들을 공격하면 무조건 적이다. 마을 사람들 중에는 인민군의 아들도 있고 아버지도 있고 어머니도 있다. 그러면 그들도 적인 것이다. 미군은 그들을 모아놓고 모두 죽였다. 미국은 우리를 도와주러 왔다고 하지만 미국을 위해 전쟁을 한 것이다. 국군은 마을사람들을 지키기보다 미군을 위해 충성을 다했다. 이것이 《점득이네》에서 그려진 국군과 미군의 본질이다.

그런데 또 미군은 그 폭격 때문에 고아가 된 점득이를 미국에 데려가 공부를 시켜 주려 한다. 이 또한 미국이다. 인도주의적인 차원에서 고아가 된 점득이에게 베풀려는 선행이야말로 가장 잘 포장된 미국의 모습이다. 그러나 점득이는 미국 유학을 거부했다. "미국 가면 호강하면서 산다는데"(191쪽) 점득이가 그 길을 가지 않은 건 "모과나무골의 폭격을 절대 잊어버리지 않고"(191쪽) 있었기 때문이다. 엄마를 죽인 미국으로 가지 않은 건 점득이로서는 사람답게 살고자 한 최선의 선택이고 자존심이었다.

5.

권정생은 나이 사십 초반에 《초가집이 있던 마을》을 쓰기 시작해서 《몽실 언니》 《점득이네》를 쓰는 동안 어느덧 쉰을 넘었다. 그러는 동안 세상도 바뀌었다. 국민들은 신군부 독재정권을 심판했고 거리엔 민주화의 물결이 넘쳤다. 권정생 작품도 그런 시대를 반영했다. 《초가집이 있던 마을》에서 복식이가 혼자 죽음을 선택하며 "해방되어라. 사슬을 끊고 자유를 찾아라"(321쪽) 했던 절규를 《점득이네》에서 판순이 아들 한수는 거리에서 함께 "우리의 소원은 통일"을 부르며 이어 받았다.

　권정생은 반공으로는 통일이 불가능하다고 생각했다. 우리 민족성과 북한에도 우리 민족이 살고 있다는 걸 아이들에게 알리기 위해 반공 동화가 판을 치던 시대에 '반반공' 동화를 쓰기 시작했다. '반반공'이라는 말은 반공에 대한 저항임과 동시에 반공이 우리 사회에 얼마나 뿌리 깊은지 보여 주는 말이다. 또 우리 사회가 얼마나 반민주와 반자유의 억압 속에 있는지 반증하는 말이다. 통일과 민주화와 아동문학은 하나로 통하는 길이다. 자유와 민주가 사라졌다는 말은 통일의 꿈도 그만큼 멀어졌다는 말이다. 이 땅에 민주화가 이루어져야 통일의 꿈을 이룰 수 있고 그럴 때만이 아동문학도 진정한 문학의 자리에 설 수 있다. 그러기 위해서 문학이고, 예술이고, 종교고 모든 분야가 우선 민주화를 위해 노력하고 통일을 지향해야 한다. 권정생은《바닷가 아이들》머리말에서 "분단 세대에는 사람 같은 사람은 아무도 없었다 해도 될 것"이라고 했다. 사람답게 살기 위해서 통일을 해야 하고 통일을 위해서는 이 땅에 민주화가 이루어져야 한다. 병마에 시달리며 글쓰기를 하던 권정생은 반공에 반대하는 글을 쓰는 것으로 저항했다. 권정생이 말한 '반반공'은 결국 '사람답게 살기 위해서'였다.

- 계간《어린이문학》2011년 가을호에 실린 글

★

혼마치 골목 아이들의 노래

《슬픈 나막신》, 우리교육, 2002

《슬픈 나막신》은 태평양전쟁이 한창인 때 일본 도쿄 시부야 혼마치 골목에 사는 사람들의 이야기다. 시부야 혼마치는 도쿄의 변두리로, 일본으로 돈 벌러 간 조선 사람이나 가난한 일본 사람들이 모여 살던 곳이다. 전쟁이 막바지에 이르자 젊은이들은 전쟁터로 끌려 나갔고 남은 사람들은 폭격과 굶주림의 공포 속에서 하루하루 살아가고 있었다. 이 책에는 조선 아이 준이, 용이, 분이와 일본 아이 하나꼬, 에이꼬, 미쯔꼬 들이 등장한다. 그러나 전쟁과 가난은 조선 아이 일본 아이 할 것 없이 똑같이 아이들을 힘겹게 했다. 아이들은 폭격과 배고픔 때문에 고통받고 목숨까지 잃어야 했다.

그래도 아이들은 놀았다. 쓰레기통 옆이나 어두운 골목 층계 옆에 모여 놀았다. 석필로 층계 바닥에다 글씨를 쓰며, 카드놀이를 하며, 연극놀이를 하며, 노래를 부르며 놀았다. '신발 점치기'는 '신고 있던 나막신을 훌쩍 공중 높이 차 던지는' 놀이이다. 아이들은 신발을 높이 던져 '빙글빙글 공중에서 재주를 부리다가 털썩 땅바닥에 떨어지는 신발'이 바로 놓이면 밥, 엎어지면 죽, 모로 세워지면 떡을 먹게 될 것이라고 정했다. 밥을 먹고 떡을 먹고 싶은 간절한 마음이 담겼다. 신발을 위로 던져서 바로 떨어지고 모로 세워지기가 어디 쉬운가. 그렇지만 '신발 점치기'는 희망을 준다. 밥이나 떡을 기대할 수 있다. 분이처럼 신발이 나뭇가지에 걸리면 굶기도 하지만 아이들은 신발에 희망을 걸었다. '신발 점치기' 놀이에는 흡사 골목 아이들의 현실과 희망이 그대로 담겨 있다.

아이들은 놀이처럼 노래에도 현실과 희망을 담는다. 놀면서 웃으면서 울면서 노래에 제 마음을 담는다. 노래에 담긴 아이들의 마음은 솔직하다. 노래는 더욱 절실하게 아이들 삶과 만난다.

이 길은 언젠가 와 본 길

아아, 그렇지

엄마하고 마차 타고 지나갔어요 (13쪽)

하나꼬는 고아원에서 살다 입양된 마에다 씨 부부의 딸이다. 하나꼬만 남겨 두고 현관문을 잠그고 외출하는 마에다 씨 부부는 하나꼬를 배불리 먹여 주고 깨끗한 옷을 입혀 주지만 그것으로 하나꼬의 외로움이 해결되지 않는다. 하나꼬가 부르는 노래는 구슬프다. 노래를 부르는 하나꼬의 눈동자에 물기를 머물게 하는 것은 바로 '엄마' 때문이다. 엄마의 빈자리는 마음속 깊은 응어리가 되었다. '엄마하고' 먹고 자고 놀고…… 너무 평범한 일이 하나꼬에게는 특별하다. 하나꼬는 외롭고 그리울 때면 혼자 노래를 한다. 그럴 때 하나꼬가 부르는 노래는 세상에서 하나밖에 없는 하나꼬의 노래가 된다. '언젠가 와 본 길'이

라는 친숙함보다 '마차 타고 지나간' 길이라는 안락함보다 하나꼬의
마음을 울려 주는 건 '엄마하고'일 것이다.

> 엄마 말과 망아지는
> 사이좋고 의좋고
> 언제나 나란히
> 팔딱팔딱 뛰어요 (22쪽)

> 망아지네 엄마는
> 정다운 엄마
> 망아지를 돌아보며
> 팔딱팔딱 뛰어요 (23쪽)

　하나꼬가 부르는 노래에는 모두 엄마가 나온다. 망아지는 엄마 말
과 사이좋게 의좋게 나란히 노는데 하나꼬는 그런 정다운 엄마가 없
다. 그렇지만 하나꼬의 외로운 자리를 채워 주는 동무가 바로 준이다.
엄마 사랑을 독차지하고 싶듯이 준이와 단짝이 되어 놀고 싶지만 준
이 곁에는 에이꼬가 있다. 하나꼬는, 준이와 에이꼬가 둘이서만 놀고
있는 것을 시샘하면서도 안 그런 척 혼자 노래를 부른다. 준이가 하나
꼬 노래를 듣고 뛰어나와 주길 바라는 마음이다. 엄마 말과 망아지가
사이좋게 나란히 놀듯이 하나꼬는 준이와 그렇게 놀고 싶은 것이다.
준이에게 외로운 마음을 기대고 싶다. 준이를 불러내 함께 놀고 싶어

부르는 노래지만 하나꼬에게는 엄마에 대한 그리움이 담긴 노래 이상
의 것이다.

조선 사람 가엾다
어째서냐 말하면
어젯밤의 지진에
집이 모두 납작꽁
모두 모두 납작꽁 (37쪽)

일본 사람 가엾다
어째서냐 말하면
어젯밤의 공습에
집이 모두 납작꽁
모두 모두 납작꽁 (38쪽)

혼마치 골목의 아이들은 일본 아이 조선 아이가 따로 없다. 이 노래
는 조선 아이와 일본 아이들이 한 구절씩 맞서서 부르지만 조선 사람
일본 사람 다 가엾다는 얘기다. 지진에, 공습에 가난한 혼마치 골목의
아이들은 모두 '납작꽁'이 될 수밖에 없다. 조선 사람 일본 사람이 아
니라 가난하고 배고픈 사람과 그렇지 않은 사람들이 있을 뿐이다. 혼
마치 골목의 아이들은 모두 가난하고 배고프다. 그러나 히로시가 용
이의 왼쪽 뺨을 호되게 갈기면서 "조센징 자식!"이라고 한 것에 알 수

없는 분노와 설움이 이는 것 또한 혼마치 골목에 사는 조선 아이들의 현실이다. 가난 앞에서는 똑같이 가엾은 아이들이지만 '조센징 자식'이 되는 현실은 또 달랐다.

아침마다 날이 샌다
모두 일어나거라
우리 집 아빠는 노동판의 대장
위에는 누더기 샤쓰
아래는 누더기 바지
우리 집 아빠는 노동판의 대장
하루에 5전짜리 일꾼이다 (136–137쪽)

에이꼬네는 아버지 약값으로 집에 있는 물건을 다 내다 팔았지만 아버지는 돌아가셨다. 에이꼬도 결국 굶어 죽었다. 천리교회 안에는 옷을 단정히 입고 기도하는 일본 사람들이 있다. 이들은 열심히 기도하여 전쟁에서 살아 남기를 기원하지만 혼마치 골목 아이들은 '노동판의 대장' 아빠가 목숨을 지켜 준다. 누더기 샤쓰에 누더기 바지를 입어도 아빠가 있어 목숨을 잇는다. 그런 아빠도 없을 때 아이들도 없다. 5전짜리 일꾼 아빠가 없었던 에이꼬는 그래서 굶어 죽었다.

그러나 굶어 죽는 것보다 전쟁은 더 많은 에이꼬를 죽게 했다. 전쟁이 몰고 온 죽음은 기도로도, 5전짜리 일꾼으로도 피할 수 없는 것이었다. 혼마치 아이들이 누더기나 다름없는 옷을 입고 목청 돋우며 부르는 이 노래가 그대로 아이들 삶의 노래가 되었다. 혼마치 골목 아이들의 노래는 슬프다. 노래가 슬픈 건 현실이 슬픈 탓이다. 노래는 슬픈 현실을 담기도 하지만 소망을 노래하기도 한다. 준이와 하나꼬는 까까머리 인형을 만들어 소원을 빈다.

까까머리 도련님 까까머리 도련님
내일은 해가 반짝 나게 하셔요
파아랗게 개었던 어느 날처럼 맑아지면
내 은방울을 드리겠어요 (242-243쪽)

까까머리 도련님, 까까머리 도련님
내일은 해가 반짝 나게 하셔요
우리들의 소원을 들어주시면
맛나는 사탕물을 드리겠어요 (244쪽)

준이와 하나꼬가 함께 '내일은 해가 반짝 나게' 해달라고 노래한다. 비가 그치고, 전쟁도 끝내고 해가 반짝 나서 맑은 하늘이 되게 해달라고 빌고 있다. 전쟁의 가장 큰 피해자인 아이들은 "칼을 들지 않고도, 총을 겨누지 않고도, 폭탄을 떨어뜨리지 않고도, 조용히 그러나 가장 아프게, 쓰라리게, 기도로써 눈물겹게 싸운다."(243쪽) 이 세상에 전쟁이 끝나지 않는 한, 굶주리고 외로운 아이들이 살고 있는 한 아이들의 싸움도 혼마치 골목 아이들의 노래도 끝나지 않을 것이다.

★
〈슬픈 양파농사〉를 읽고

《우리들의 하느님》, 녹색평론사, 1996

우리 시댁은 의성이다. 의성을 갈 때 중앙고속도로 남안동 나들목으로 나가는데 권정생 선생님이 살았던 안동 조탑리 마을을 지나야 한다. 살아 계실 때는 그저 고개 한 번 돌려 멀리 보이는 주황색 지붕을 보며 마음으로만 인사를 하다가, 돌아가신 다음에야 선생님이 살던 집과 마을 이곳저곳을 둘러보았다.

선생님이 돌아가신 그해 5월, 집 둘레와 마을에는 양파 밭이 한창 제철을 맞고 있었다. 그때 지천에 놓인 양파를 보면서 '양파대가리 권정생'이 떠올랐고 《도토리 예배당 종지기 아저씨》(분도출판사, 1985)에서 생쥐가 양파대가리 노총각 아저씨를 놀리던 장면도 생각났다. 책으로 꽉 차 있어 발 디딜 틈조차 없는 좁은 방, 무엇 하나라도 함부로 버리지 않고 선생님의 손때가 묻은 살림살이. 선생님 집과 살림살이는 그것만으로도 큰 충격과 가르침을 주었다. 그러면서도 한편으로는 선생님이니까 그렇게 살 수 있었던 것이라고, 나는 그렇게 살 수는 없다고 어떻게든 정당화시킬 구실을 찾고 있었다. 어쨌든 선생님이 돌아가신 그해 선생님 집과 마을을 둘러보면서 '양파대가리 권정생'은 내게 새삼 더 특별해졌다.

며칠 전 《우리들의 하느님》(2008 개정증보판)을 다시 읽는데 〈슬픈 양파농사〉란 글이 눈에 들어왔다. 선생님 집 둘레 양파밭을 기억하면서 다시 읽었다. 그러나 '양파대가리 권정생'을 떠올릴 만큼 여유를 부릴 수 없는 글이었다. 양파농사를 지은 승현이네 아버지가 양파값이 한 해 사이에 폭락했다 폭등했다 하는 탓에 큰 손해를 보아 제초제를 마시고 자살을 했는데 이건 "산업시대의 농업의 부조리"(100쪽) 때문이라는 얘기다. "상품 자체가 아무리 훌륭해도 값이 안 나가면 1년 농사도 헛고생만 하게 되는 게 농민들에겐 큰 부담이"(100쪽) 되는데 그 때문에 승현이 아버지는 자살까지 한 것이다.

그러나 정작 권정생 선생님을 슬프고 괴롭게 한 건 따로 있다. 안동 시내에 나갔다가 '한살림' 회원에 가입하여 현미가루 한 봉지, 들기름 한 병, 쌀 한 봉지를 사온 게 갑자기 "무슨 큰 죄라도 지은 것 같은 기분이 들어 괴로워지기 시작"(99쪽)하여 "저녁을 먹고 잠자리에 들어도 잠도 안 오고 괜히 가슴이 시원치가 않"(99쪽)다. 유해식품을 안 먹겠다고 동네 가게에 발길을 끊고 한살림에서 무공해 식품을 잔뜩 사다 놓고는 밤새 괴로워하고 화도 났던 것이다.

진짜 한살림은 이웃끼리 마을사람끼리 서로 사고 팔고 주고 받으며 살아야 되는데 가까운 이웃은 다 버리고 먼 데서 깨끗한 음식만 먹겠다고 한 것이 정말 잘한 것일까? 먹는 것만 깨끗하게 먹는다고 사람이 사람다워지는 것일까? 정말 건강을 지킬 수 있는 것일까? (100쪽)

무공해는 먼저 사람 마음에서 시작되어야 하는데 정말 요즘 세상에 무해한 것이 있을까 싶다. 그것을 고른다는 것조차 어리석은 게 아닐까?

나라는 인간이 하도 까다로워 그런지 아니면 세상이 까다로워져서 그런지 참말 살아가기 힘이 든다. 차라리 죽을 때 죽더라도 이웃집에서, 가까운 징티에서 쌀도 사고 밀가루도 사고 국수도 사는 게 옳지 않을까?

마음 편한 게 위장 편한 것보다 더 소중하지 않을까 싶기 때문이다.

(101쪽)

하고많은 별명 중에 '양파대가리'가 된 것은 권정생 선생님이 양파 농사 많이 짓는 동네에 살았기 때문이다. 그런 '양파대가리 권정생'이 깨끗한 음식 먹겠다고 한살림에서 무공해 식품을 사다 먹는 사이 승현이네 아버지는 양파농사 때문에 목숨을 끊었다. 그러니 얼마나 괴로웠을까?

나도 가끔 '한살림'이니 '초록마을'이니 드나들면서 무공해 식품을 사 먹는다. 먹을 때마다 마음이 불편하곤 했는데 권정생 선생님도 그랬구나. 똑같은 고민을 하며 괴로워했다. 이 글을 읽고 나는 농촌 문제, 먹을거리 문제, 유통 문제 같은 것보다 권정생 선생님도 우리처럼, 나처럼 우리의 동시대인으로서 같은 고민을 한 것이 반가웠다.

권 선생님이 돌아가시고 나서 선생님을 성인으로 만드는 것 같아 쓸쓸했다. 우스갯소리로 하는 "난 권정생 선생님처럼 못 살아."라는 농담이 그랬다. 그 농담은 권 선생님과 우리를 아주 다른 세계의 다른 존재로 갈라놓는 것 같아 마음에 걸렸다. 그러나 권정생은 우리와 동시대인이다. 그리고 누구보다 시대의 현실 속에서 치열하게 고민하며 살았다. 가까운 이웃에서 쌀도 사고 밀가루도 사고 국수도 사고…….
그리고 권정생은 '양파대가리'다. 양파 동네에서 먹을 것을 구하고 별명도 얻고 하는 이것이 '한살림'이다. 마음 편하게 함께 사는 세상이다.

- 2009년 권정생 2주기 추모제 자료집에 실린 글

★

두민이, 열여섯 권정생을 생각하며

〈두민이와 문방구점 아저씨〉,《짱구네 고추밭 소동》, 웅진, 1991

올해 권정생 선생님 4주기 추모제 주제는 '권정생 동화 속에서 가장 기억에 남는 인물'이다. 누굴까? 깊이 생각하지 않아도 그냥 떠오르는 인물들이 있다. 몽실이, 종갑이, 점득이, 해룡이, 탑이 아주머니, 똬리골댁 할머니……. 기억에 남는 인물은 아무래도 이들이다. 그런데 글을 쓰자니 이 인물들, 그동안 내 '권정생 글쓰기'가 너무 정형화되어 다시 쓴다 해도 그 틀을 벗어날 것 같지 않다. 권정생 동화를 다시 들춰 보았다. 그리고 나는 〈두민이와 문방구점 아저씨〉에 나오는 두민이를 만났다.

〈두민이와 문방구점 아저씨〉는 1981년 3월《기독교교육》에 처음 발표했고《짱구네 고추밭 소동》(웅진, 1991)에 실린 동화인데 2002년 개정판이 나올 때 빠졌다. 그래서 아쉽게도 현재 출판되는 책에서는 볼 수 없게 된 동화다. 아무래도 종교적 색채 때문에 뺀 듯하지만 나는 두민이를 보면서 부산에서 점원 노릇을 했던 열여섯 살의 어린 권정생이 떠올랐다.

두민이는 열다섯 살이다. 어릴 때 소아마비를 앓아 왼쪽 다리를 저는데 문방구점에서 점원으로 심부름을 하고 있다. 두민이는 부지런하여 일찍 가게 문을 열고 열심히 청소했다. 검정고시를 보아 고등학교에 가려고 혼자서 공부도 열심히 했다. 게다가 주인 아저씨나 세탁소를 하는 옆집 경애네 할머니도 잘 보살펴 주니 점원 생활을 탈 없이 잘했지만 두민이에게는 괴로운 것이 하나 있었다. 그건 바로 주인 아저씨가 예배당을 싫어해서 교회를 다니지 못하는 거다. 두민이는 어머니 아버지 동생들 그리고 동무들이 있는 고향 생각을 할 때면 특히 동무들과 어울려 다니던 고향 예배당이 그리웠다.

1955년 여름, 내가 객지를 전전한 지도 4년째가 되었었다. 부산에서 재봉기상회 점원으로 일하고 있었다. 교회도 예수님도 까맣게 잊어버리고 좌절과 실의에서 헤어나지 못한 사춘기 시절이었다. (《오물덩이처럼 딩굴면서》, 이철지 엮음, 종로서적, 1986, 208쪽)

권정생도 재봉기상회 점원으로 일할 때 "교회도 예수님도 까맣게 잊어버리고" 살아야 했다. 물론 두민이와 권정생은 다른 것이 많다. 두민이는 소아마비이고 여동생도 있고 고향은 목포 근처의 시골인데 송아지도 키운다. 그러나 열대여섯 살 어린 나이에 공부를 더 하고 싶어 객지에 나가 점원을 하는 것과 교회를 가고 싶어 하는 것은 두민이와 권정생이 똑같다. 권정생은 객지생활 3년 만에 결핵을 앓기 시작했으니 두민이를 소아마비로 그린 것은 어쩌면 몸이 아픈 자신의 또 다른 모습일지 모르겠다.

문방구점 주인 아저씨는 하반신을 모두 쓰지 못하는 불구자다. 그런 아저씨도 예전에는 교회에 다니며 자신의 다리를 낫게 해달라고 열심히 기도했다. 그러나 하느님이 아저씨 다리를 고쳐주지 않는 건 믿음이 성실하지 못해서라며 교인들이 비웃었다. 그때부터 아저씨는 교회 근처에도 가지 않았고 두민이가 교회에 가는 것도 못마땅해했다. 그러나 두민이는 아저씨가 가게 안에서 조용히 성경책을 읽는 것을 보며 아저씨는 교회를 다니지 않았을 뿐 마음속 깊이에는 예수님을 모시고 있었다는 것을 알게 된다.

"아저씨도 예수님을 알고 계세요?"
어느 날 두민이가 아저씨께 물었습니다.
"알고 있지. 나도 옛날엔 교회에 나갔으니까."
아저씨는 뜻밖의 말을 했습니다.
"그럼, 아저씬 예수님이 많은 병든 사람과 죄인들을 사랑하신 걸
아시겠군요?"
"예수님은 그랬지만 교회는 안 그렇다."
"왜 교회가 그러지 않다는 거예요?"
"어쨌든 싫구나. 교회 얘기는……." (57쪽)

"예수님은 그랬지만 교회는 안 그렇다"는 주인 아저씨 말에는 우리나라 교회현실을 꼬집는 가시가 있다. 〈두민이와 문방구점 아저씨〉는 종교적 색채가 있지만 신앙의 문제를 다루기보다 가진 자의 편에 선

권력화된 교회 문제에 주목한다. 예수님은 아저씨 편이었지만 교회와 교인들은 그러지 못했다. 그래서 이 동화는 권정생의 초기 동화 〈강아지똥〉이나 〈똘배가 보고 온 달나라〉에서 보이는 종교적 색채와 좀 다르다.

권정생도 주인 아저씨처럼 예수님을 믿었지만 교회를 떠났다. 어린 나이에 점원생활을 하면서도, 외롭고 쓸쓸하게 거지로 떠돌던 그 3개월 동안에도 권정생은 성경책을 손에서 놓지 않았다. 그리고 그는 예배당 종지기까지 했지만 끝내 교회를 떠났다.

세상은 병들고 가난하고 힘없는 사람들 편이 아니었다. 교회도 다르지 않았다. 그래서 예수님을 믿는 것과 교회를 다니는 것이 아주 다른 일이 되었다. 〈두민이와 문방구점 아저씨〉는 권정생이 쓴 그 어떤 글보다 쉽게 그런 현실을 이야기한다. 게다가 두민이를 만난 건 부산 거리에서 열여섯의 권정생을 만난 것만큼이나 행운이었다. 《짱구네 고추밭 소동》 2002년 개정판에서 이 동화가 빠진 건 참으로 아쉽다.

- 2011년 권정생 4주기 추모 자료집에 실린 글

3

권정생
문학기행

여전히 그곳에 있는 몽실 언니들

- 안동 조탑리를 다녀와서

김미자

권정생 책을 읽으면 안동에 가고 싶고, 안동엘 가면 또 다시 권정생 책을 읽고 싶어진다. 책 속에서, 책이기 때문에 어쩔 수 없이 또렷치 않은 시골길, 기차역, 정류장, 뒷산, 앞산, 빨래터, 시골 할머니들을 현실에서 엄연히 눈으로 확인하는 일은 즐거움과 함께 또 다른 긴장감을 준다. 나는 그렇다. 직접 보고 만지면서 내 머리가 상상하고 그려본 그림들을 이래저래 맞춰 보는 동시에 또 다른 호기심으로 주위를 두리번거리고 낯선 사람들을 향해 말을 건다. 2007년 권정생 장례식 3일 동안 조탑리에 머물면서 나는 그곳 할머니들에게 말을 걸고 그분들이 하시는 말씀을 귀하게 들었다. 듣다가 힘이 부치면 카메라를 들이밀고 사진을 찍고 녹음을 했다. 다행히도 할머니들이 그런 무례한 나를 어여삐 봐 주셨다. 감히 그분들과 친구가 되었다. 그때부터 내겐 안동 조탑리에 가야 하는 분명한 이유가 하나 더 생겼다. 권정생 문학 현장을 보기 위해, 책 속에만 있지 않고 실제로 그곳에 살고 계신 할머니 친구들을 만나기 위해 나는 안동 조탑리엘 간다. 서울에서 안동은 만만한 거리가 아닌지라 대부분 권정생 동화를 함께 읽는 벗들과 벼르고 별러 일 년에 한 번쯤 다녀온다. 같은 책을 읽은 이들과 책의 배경이 되는 현장을 걸으며 서로 모자라는 문학 지식을 나누고 보태며 이야기하는 즐거움은 말해 무엇하랴. 언젠가는 고등학교를 졸업한 딸아이를 데리고 일부러 기차와 버스를 갈아타고 조탑리를 찾은 적도 있다. 작가 권정생의 가난과 외로움이 절절이 묻어 있는 땅을 딸아이에게 밟아 보게 하는 것만으로도 나는 어미로서 할 일을 한 가지 해내었다는 위로를 했었다.

2011년 겨울, 나는 혼자 안동엘 가고 싶었다. 그해 여름부터 새로운 일을 해보겠다고 맘먹고 달려온 6개월 동안 나는 어쩔 수 없이 고단하고 또 소란스럽게 살았다. 사람이 좋다면서 사람 속에서 지지고 볶아야만 하는 일을 덜커덕 벌려 놓고는 톡톡히 값을 치르는 중이었다. 어디다 투정을 하느니 잠시라도 이 소란스러운 시공간을 떠나 사색하고 싶은 맘이 간절했다. 또 다른 이유 하나가 더 있었다. 안동 조탑리에 사시는 할머니들 소식이 궁금했다. 안동에 계시는 권정생 큰누님 권귀분 님과 조탑마을 송귀남 할머니, 그리고 김봉남 담뱃가게 할머니, 모두 연세가 80을 넘어 90을 바라보고 계신 분들이시다.

나는 굳이 하루를 벌기 위해 밤 고속버스를 타고 안동으로 갔다. 안동 고속버스터미널에 내려 늦은 밤 염치불구하고 전화 한 통 드리는 곳은 안동 시내에 사시는 권귀분 할머니 댁이다. 권정생의 큰누님이시다. 안동 시내 제일은행 앞으로 마중 나오신 할머니를 따라 댁으로 들어가니 미리 틀어 놓으신 전기보일러 덕분에 방바닥은 따뜻하고 그 위에 이부자리가 얌전히 깔려 있다. 이미 잠을 놓친 우리 두 사람은 이불 밑으로 손을 넣고 이런저런 이야기를 나누기 시작한다. 솔직히 고백하면 권정생 장례식에서 처음 권귀분 할머니를 뵈었을 때 권정생의 누님이라는 데 호기심이 생겼다. 권정생에 관하여 뭐 하나라도 더 듣고 싶고 더 알고 싶어 가까이 가서 할머니를 귀찮게 해드렸다.

스물한 살에 고향 조탑리를 떠나 안동으로 시집오신 할머니의 기억은 남편과 함께 육남매를 낳아 살던 시절에 머물러 있었다. 자연히 그 시절 말씀을 많이 하신다. 듣다 보면 권정생의 어머니가 그랬듯이, 또 권정생이 그랬듯이 집안 분들이 선천적으로 이야기를 조리 있고 재미나게 잘하시는구나 싶다.

"우리 경수(어린 시절 권정생의 이름)가 부모 사랑을 못 받았나. 가끔 사람들이 와서 읽어주는 경수 책 얘기를 들으면 왜 그리 슬픈 얘기만 썼는지 몰라요"

"식구들이 안 예뻐했어요, 권정생을?"

"아이고~ 일본에서 모처럼 아가 태어나서 올매나 이뻐했는데요. 내 바로 밑에 여동생이랑 핵교 갔다 오면 서로 업을라 하고 번갈아가며 업고 했어요. 아가 원체 순했어요. 이뻤어요"

내가 처음 권귀분 할머니네 집에 왔을 때 있던 소박한 살림살이가 몇 년이 지나도 그대로인 작은 방에서 할머니와 이야기로 밤을 지새다 보면 마치 우리가 7, 80년 전 일본 도쿄 혼마치 작은 방에 있는 듯, 꿈을 꾸는 듯하다.

할머니네 작은 방문 창살 틈으로 들이치는 환한 아침 햇볕을 받으며 우리는 김장김치와 미역국, 그리고 간고등어를 지져 아침밥을 먹었다. 권귀분 할머니께서 시집와 시어른 모시고 아이 낳으며 60년 넘게 살아오신 집. 전쟁이 나서 피난 다녀오니 폭격을 맞아 폭삭 주저앉아 버린 집. 한 귀퉁이에 움막을 짓고 살면서 조금씩 형편 되는 대로 다시 지은 집. 지금 모두들 떠나가고 할머니 혼자 남아 그 집에 사신다. 그 집 곳곳에 배어 있는 사랑하는 가족들 기억 때문에 할머니는 외롭고 또 외롭지 않으시다.

아침상을 치우고 조탑 가는 버스를 타기 위해 서두르는 내게 할머니는 양손을 펴 보이라 하신다. 내 한쪽 손에 천 원 한 장과 백 원 동전 두 개를 올려놓으시더니 또 다른 쪽 손에 똑같이 천이백 원을 올려놓으신다. 버스비라며, 꼭 쥐고 있다가 하나는 조탑 가는 버스 올라 탈 때 내고, 또 하나는 조탑에서 나올 때 내라신다. 밤사이에 할머니와 나눈 정이 온몸으로 느껴지면서, 혼자 사는 어르신에게 불쑥 왔다 휑하니 가 버리는 일이 몹쓸 일이 아닐까 하는 생각이 든다.

권귀분 할머니네 집에서 시내버스 정류장으로 가려면 안동 중앙시장을 지나야 한다. 시장 골목에는 지나다니는 사람들 종아리에 닿을 듯 말듯 한껏 펼쳐 놓은 물 좋은 간고등어들이 제일 당당하다. 하얀 고물을 묻혀 수북이 쌓아 놓은 인절미, 울긋불긋 예쁜 색깔을 한 할머니 몸뻬, 솜조끼들을 구경하면서 나는 천천히 시장길을 다닌다. 〈오소리네 집 꽃밭〉에 나오는 오소리 아줌마처럼 시장에서 보이는 것마다 사고 싶은 나는 이것저것 만지고 참견하다가 인절미와 쑥떡을 산다. 시장에는 비슷비슷하게 생긴 얼굴들이 참 많다. 얼핏 권정생 닮은 사람을 본 것도 같다. 검은 고무신 신고 무심한 얼굴로 느리게 시장을 지나는 사람, 모처럼 안동에 나오면 꼭 들른다는 큰누님 네서 얻은 반찬 봉지와 헌책방에서 발견한 고흐의 화집을 사들고 걸어가는 권정생이 있는 듯하다.

나는 안동시장을 나와 10시 20분에 조탑으로 가는 38번 버스를 탄다. 안동에서 조탑까지 버스로 30분이면 간다. 대구 쪽 5번 국도를 달리던 버스는 운산에서 손님 몇 사람 내려놓고 조탑마을로 꺾어 들어간다.

운산! 이오덕 선생님께서 권정생에게 보낸 편지글에는 "운산에 내려 선생님을 만나러 가겠습니다." 하는 말이 많이 있다. 이오덕 선생님은 1970년대 초 권정생을 알고부터 평생 이 길을 걸어 조탑에 사는 권정생을 만나러 오셨다. 경상도 산골 초등학교에서 아이들을 가르치시던 이오덕 선생님은 평소에는 권정생을 만나러 올 수 없어 거의 날마다 쓰다시피 했던 편지로나마 권정생의 생활과 창작활동을 보살피셨다. 그러다 방학이 되면 그리운 권정생, 외로운 권정생을 만나러 조탑리로 달려오셨다. 운산에서 조탑리까지 가는 10리 가까운 길을 걷는 이오덕 선생님 손에는 권정생에게 줄 귀한 자료와 책들이 들어 있는 누런 서류봉투가 있었을 게다. 뜨거운 여름 햇볕, 폴폴 날리는 신작로

먼지, 추운 겨울 칼바람을 그 누런 봉투로 가리며 총총 걷는 선생님이 내 눈에는 선명하게 보인다. 나는 운산 삼거리에 내려 옛날 이오덕 선생님이 걸었던 길을 걸어 보겠다 각오했건만 웬걸? 버스 손잡이를 꼭 잡은 손이 말을 듣지 않는다.

운산에서 복잡한 교차로를 빠져나와 시골길로 접어들면 바로 송내이고 그 다음이 조탑마을이다. 일부러 송내에서 내린 나는 조탑교 위에 서서 마을을 한번 둘러본다. 여전히 조용하고 작고 가난한 마을, 겨울이라서인가 길에는 다니는 사람 하나 없다.

신작로에서 권정생 집을 가려면 오른쪽으로 난 좁고 구부정한 골목길을 따라 걸어야 한다. 자칫 지나치기 쉬운 좁은 길이지만 몇 년 전부터는 "권정생 선생 살던 집"이라는 팻말이 세워져 있다. 권정생이 마을 할머니들을 만나러 노인정 갈 때, 안동 시내 나가는 버스를 타러 갈 때, 평생을 걸어 다녔을 골목길이다. 당신이 세상 떠나던 그해 5월 어느 날에도 잠깐 병원에 다녀오겠다며 무심히 걸어갔다가 다시 오지 못한 길. 권정생의 장례식이 있던 해 5월, 이 골목은 금잔화 작약이 어우러져 화려했었다. 지금은 겨울 한복판이라서일까, 골목에 생기가 없다. 골목 끝에 있는 감나무에는 까치 먹을 감조차 남아 있지 않고 늙은 가지만 앙상하다.

권정생이 세상 떠나면서 함께 없애 달라고 유언한 빌뱅이 언덕 작은 슬레이트집은 권정생을 아끼는 우리가 우리 맘대로 그대로 그곳에 남겨 두었다. 주인 없는 집은 날마다 쓸쓸함을 더해 가고 있다. 권정생은 그것조차 미리 알고 있었던 거다.

권정생의 집은 하도 작아 한 바퀴 돌아보는 데 1분도 안 걸린다. 나는 집 뒤에 있는 널따란 평바위에 앉아 본다. 오후로 넘어가는 겨울 햇살이 바위를 따뜻하게 데워 놓은 데다가 뒤쪽으로 아담한 바위산이 병풍처럼 놓여 있어 바람을 막아 준다. 그날 장례식이 있던 때도 권정생이 그리도 아끼고 사랑하던 아우 이현주 목사님이 앉아 계시던 바위다. 목사님은 소란스런 장례식 내내 이 평바위에 혼자 앉아 세상 떠나는 권정생의 끝을 바라보고 계셨다. 대체 언제부터 그곳에 계셨는지, 움직임 없는 선생님은 도대체 지금 이곳에 있는 분 같지 않았다. 그날 나는 여기 앉아 있던 이현주 목사님의 뒷모습에서 친구 잃은 어르신의 큰 슬픔과 허무를 읽었다. 이런 생각들을 하며 한참을 앉아 있으니 바위 아래로 흐르는 실개천 물소리가 또록또록 들린다. 바로 어제까지 나를 따라다니던 소란스러움에서 온전히 떨어져 나와 나는 지금 평온하다.

〈똘배가 보고 온 달나라〉에서 아기별은 시궁창에 빠져 절망하는 똘배에게 엄청난 사실을 알려 준다. 같은 세상이라도 한 눈으로 볼 때와 두 눈으로 볼 때 전혀 다른 모습이란다. 어디에도 존재하는 두 세상. 어느 세상이 진짜 세상인지는 본인 몫이란다. 똘배가 아기별의 가르침을 따라 두 눈을 바로 뜨고 나서 바라보았을 때 시궁창은 이미 예전의 썩은 냄새 나는 시궁창이 아니었다. 결코 쉽지 않은 문제다, 눈에 보이는 세상에서 보이지 않는 또 하나의 세상을 끌어내야 하는 것이란. 나는 아기별의 가르침을 떠올리며 한쪽 눈을 가리고 있던 손을 떼어내고 두 눈으로 주위를 바라본다. 그러자 좀 전에 있던 썰렁한 작은 집은 어디로 가고 집 주위에 쑥부쟁이가 키만큼 자라 있다. 발밑으로 질경이와 박하꽃이 양탄자처럼 깔려 있고 박하꽃 향기가 바위에 앉아 있는 내게까지 풍겨 온다. 뒤란에는 보라색 엉겅퀴가 지붕보다 크게 서 있다. 마당에는 산수유나무, 느티나무, 그리고 은행나무들의 진하고 여린 초록들이 잘 어우러져 있다.

나는 조용히 일어나 할머니들을 만나러 노인정으로 간다. 노인정 가기 바로 전 담뱃집 할머니네 대문이 열려 있어 들어가 보니 그곳에 내가 찾던 송귀남 할머니, 조탑 앞에서 담뱃집을 하시는 김봉남 할머니 그리고 또 할머니 한 분까지 모두 세 분이 모여 계신다. 가져간 인절미와 쑥떡을 방 가운데 꺼내 놓자 송 할머님이 말씀하신다.

"꿈에 포얀 덩어리 두 개가 보이더니만 오늘 떡을 먹으려고 그랬나 보네."

88세 되신 담뱃집 할머니는 귀가 멀어 더 이상 담배를 팔지 않으시고, 85세 송 할머니는 미국 흑인 병사에게 시집간 딸이 지금은 사정이 많이 좋아져 가끔 가족을 데리고 할머니네 다니러 온단다. 작년 한 해 동안 마침 권정생 집 치우기 공공근로를 하셨다는 송 할머니는 권정생 집을 자주 다니셨단다. 처음에는 일 시키는 사람들이 권정생 집 마당에 난 풀을 깨끗이 베어 내라기에 그렇게 하셨단다. 그러면서 속으로만 '권정생 살았을 적에 풀이 이만치 자라도 풀을 안 베고 풀을 피해 다녔는데' 하셨단다. 그런데 또 어느 날은 웬 사람들이 와서 풀을 왜 다 베어 버렸냐고 하더란다.

"권정생이 할머니 편지 다 써 주었잖아요? 그때 편지 쓴 내용이 여기에도 있어요." 하며 나는 마침 가져간 권정생 책을 펼쳐 송 할머니 나오는 대목을 목청 높여 읽어 드린다.

"고맙지. 고맙게도 우째 이런 얘길 여기다 다 썼을까?"

송 할머니는 그때 미국에 있는 딸에게서 온 편지를 권정생이 읽어 줄 때면 옆에서 눈이 짓무르도록 울기만 하셨단다. 혹시 그때 온 편지를 지금 가지고 계시냐고 여쭈었더니 징그러운 세월 때 물건은 쳐다보고 싶지 않아 다 태워 버리셨단다.

88세 김 할머니가 차려 주시는 밥상을 나는 또 앉아서 받는다. 조탑 근처는 하루 종일 해가 좋아 한겨울에 냉이가 자란다며 냉이를 삶아 콩가루에 버무려 주신다. 홀린 듯이 나는 밥상 앞으로 바짝 다가가 맛나게 먹어 치우고는 아랫목에 누워 잠이 들었나 보다. 내가 잠든 사이에 두 할머니들은 문을 몇 번 열고 닫으며 어디를 다녀오시더니 어른 베개만 한 배추 두 개와 냉이 보따리를 앞에 놓으신다. 지고 가면 등도 따시고, 차에 올려놓기만 하면 된단다. 이 할머니들이 견디고 살아온 슬픈 세월과 역사를 내가 손톱 끝만큼이나마 알고 있어서인가, 아무것도 거절할 수가 없다. 다음에 와서 뵐 때 이분들이 또 얼마나 작아지고 나이 들어 계실까를 생각하면 맘이 저리다가도 80을 넘어 90을 바라보는 할머니들이 일상을 스스로 책임지고 사는 모습을 꼭 쓸쓸하게 바라보지 않기로 맘을 고쳐 먹는다. 이 할머니들이 곧 몽실 언니들이다. 그래서 외롭고, 그래서 움직이고, 그래서 자유로운 몽실 언니들이다. 조탑 뒤로 붉은 저녁 해가 넘어가는 아름다운 풍경을 보면서 나는 안동 가는 38번 버스에 오른다. 할머니들께서 내 양손에,

내 배낭에 꾹꾹 채워 주신 사랑 덕분에 등은 따시고 맘은 꽉 차 있다. 나도 이분들처럼 외로움을 삶 속으로 껴안고 살아가리라. 그래서 부지런히 몸 움직이고 그럼으로써 더 자유롭게 살아갈 테다.

권정생이 살던 마을과 피난길을 따라

– 《초가집이 있던 마을》 문학기행

이기영

2011년 9월 24일 똘배어린이문학회는 《초가집이 있던 마을》(분도출판사, 1985) 문학기행을 다녀왔다. 권정생 선생님이 돌아가신 뒤 '권정생어린이문화재단'에 선생님이 살던 집 방문과 문학기행을 신청하는 일이 많아졌다고 한다. 재단에서는 권정생의 삶과 문학을 제대로 공부한 사람들이 방문자들을 안내하면 좋을 것 같아 '제1회 권정생문학해설사과정' 교육을 실시하기로 했다. 2011년 4월부터 11월까지 총 12회에 걸쳐, 권정생의 삶과 문학에 대해 공부하는 것부터 《한티재 하늘》(지식산업사, 1998), 《몽실 언니》(창비, 1984), 《초가집이 있던 마을》 문학기행까지 교육내용은 다양했다.

재단에서는 《권정생의 삶과 문학》(원종찬 엮음, 창비, 2008)에 '권정생 연보'를 정리하여 쓴 내게 강의를 부탁해 왔다. 나는 이 교육의 첫 강 '권정생의 삶과 책 속의 삶 이야기'를 강의하기로 했고, 강의시간표를 보고 《초가집이 있던 마을》 문학기행이 예정되어 있는 걸 알게 되었다. 교육생을 대상으로 하는 문학기행이었지만 강의 인연으로 똘배어린이문학회 회원들과 똘배들의 오랜 지기인 최해숙 선생님이 이 문학기행에 함께하기로 했다. 평택에 있는 기쁜어린이도서관 관장이신 최해숙 선생님은 어린이도서연구회 송탄지회에서도 활동하고 있으며 권정생 선생님을 무척 존경하고 사랑하는 제자이며 동무이기도 하다. 최해숙 선생님과 똘배들은 어린이도서연구회에서 처음 만났고 함께 '권정생 기행'을 떠난 건 이번이 두 번째다. 권정생 선생님이 다녔던 일본 도쿄 혼마치 소학교를 2009년 7월 함께 방문했고,《슬픈 나막신》(우리교육, 2002)에서 준이와 아이들이 혼마치에서 신주쿠까지 걸었던 그 길을 함께 걷기도 했다. 최해숙 선생님과 똘배들은 오랜만에 함께 나서는 '권정생 기행'에 마음이 들떴다.

그런데 출발 하루 전 일정이 다른 날로 변경되었다는 통보를 받았다. 하지만 우리는 일껏 날을 비워둔 터라, 문학기행이라는 걸 어떻게 하는 건지 잘 모르지만 우리끼리 한번 가 보기로 했다. '우리끼리' 간다고 마음먹으니 갑자기 분주해졌다. 우선 도서관에 가서 5만분의 1 지도를 펼치고는 부분부분 복사해서 '안동'에서 '우보'까지 길게 이어 붙였다. 책에 나오는 지명을 찾아 형광펜으로 표시하고 국도는 빨강색, 지방도는 파란색, 중앙선 철도는 초록으로 표시해 그 지역의 교통과 지형을 머릿속에 익히고 일정을 잡았다. 이렇게 제법 꼼꼼히 준비한다고는 했지만 여행을 꼭 일정대로 하란 법은 없다. '우리끼리'라고 생각한 순간부터 똘배들은 문학기행에 나선다기보다는 '권정생'을 평계 삼아 즐거운 여행길에 올라 보자는 마음이었다.

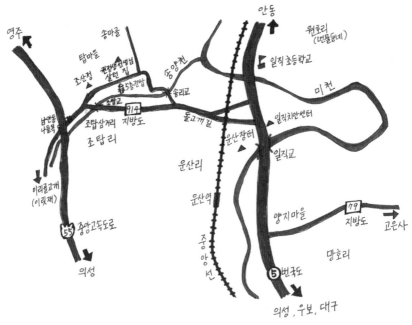

《초가집이 있던 마을》 문학기행 지도

권정생과 《초가집이 있던 마을》

6. 25 전쟁을 배경으로 한 《초가집이 있던 마을》은 대표작으로 잘 알려진 《몽실 언니》보다 먼저 쓴 것으로, 권정생의 어린 시절 이야기가 많이 반영되어 있는 작품이다. 일본에서 태어난 권정생은 해방 이듬해에 한국으로 돌아와 청송 외가에서 살다가 1947년 안동 일직면 조탑리에 정착한다. 그리고 정착한 다음 해에 열한 살의 나이로 안동

일직공립국민학교에 입학한다. 권정생은 일본에서 학교에 입학한 후 거처를 옮길 때마다 학교도 계속 옮겨 다녔는데(도쿄 시부야 혼마치 소학교, 군마켄 우에하라 소학교, 청송 화목국민학교), 조탑리에 정착한 뒤에 동생과 함께 다시 1학년으로 입학한 것이다. 그러다 전쟁이 일어나 피난길을 나섰고, 1953년 열여섯 살의 나이에 비로소 국민학교를 졸업한다.

일직공립국민학교는 지금의 일직초등학교로 학적부에는 권정생이란 이름 대신 '권경수'라는 아명이 남아 있다. 2008년 똘배어린이문학회 회원들은 일직초등학교에 권정생 학적부를 확인하러 간 적이 있다. 학교에서는 권정생의 학적부가 없어 졸업생임을 확인할 수 없다고 했다. 우리는 학교에 양해를 구해 직접 학적부를 뒤졌고, 권정생이란 이름을 두 줄로 긋고 그 위에 권경수라고 고쳐 쓴 기록을 결국 찾아냈다.

《초가집이 있던 마을》은 일직공립국민학교를 다니는 아이들이 겪은 전쟁 이야기로 권정생이 살았던 일직면 탑마을(조탑동)과 이웃 송마골(송리동)을 주무대로 한다. 탑마을에는 4학년인 유준이와 복식이, 2학년인 유종이와 문식이, 1학년인 금동이가 살고 송마골에는 금동이 친구 종갑이가 산다. 학교를 함께 다니는 아이들은 한 가족 같은 형이자 동생이자 동무들이다.

해방 후에도 땅이 없는 사람들은 여전히 가난했다. 아이 어른 할 것 없이 나물죽으로 보릿고개를 넘기며 겨우 목숨을 이어 갔다. 보릿고개만 넘기면 또 어찌 살게 될 터였다. 전쟁이 일어나던 그해, 소작 농사를 지었지만 유준이네는 지난해보다 갑절이나 감자농사를 거둬들였고 배냇소를 먹여 송아지를 한 마리 얻어와 식구들이 흐뭇해 있었다. 종갑이네도 보리풍년으로 보리밥이라도 든든히 먹게 되었다고 기대에 차 있었다. 바로 그럴 때 전쟁이 터졌다. 피난을 가든지, 마을에 남아 있든지 아이들은 전쟁으로 죽을 만큼 힘든 보릿고개보다 더 고통스러운 고개를 넘게 되었다.

유종이는 애지중지 키우던 병아리를 두고, 금동이는 강아지 복실이를 두고, 종갑이는 배를 채워 줄 보리쌀을 두고 피난을 떠났다. 유준이는 피난길에 송아지를 잃었다. 아이들에게 병아리, 강아지, 보리쌀, 송아지는 특별했다. 그것은 굶주림을 벗어나게 하고 중학교 갈 꿈을 꾸게 하고 외로움을 달래 주는 희망이었다. 그러나 전쟁은 이 모두를 무참히 빼앗아갔다.

권정생의 실제 삶도 그랬다. 전쟁으로 많은 것을 잃었다. 몇 번이나 학교를 옮겨 다니다가 정착해서 다시 1학년에 입학한 권정생은 성적이 우수했다. 선생님은 2학년 때 3학년으로, 3학년 때 5학년으로 월반할 것을 권했지만 어머니는 반대했다. 상급반은 학교를 늦게 파해서 집안일을 할 수 없었기 때문이었다. 그 무렵 어머니는 행상을 다니느라 닷새 만에 돌아오는 장날이면 집에 잠시 들렀다가 다음 날이면 바로 또 나갔기 때문에 집안 살림을 할 수가 없었다. 행상으로 돈을 모아 권정생을 중학교에 보내려 했던 어머니는 선생님에게 일 년 정도 돈을 모을 때까지 월반을 시키지 말아 달라고 했다. 권정생은 학교를 다니며 집안을 돌보았고, 어머니는 어느덧 소 세 마리를 살 수 있을 만큼 돈을 모았다. 바로 그럴 때 전쟁이 났다. 전쟁은 중학교 진학의 꿈을 빼앗아 갔다. 화폐가치가 백 분의 일로 떨어져 소 세 마리를 살 수 있었던 돈으로 염소 새끼 한 마리도 살 수 없게 되었기 때문이다.

그러나 권정생은 중학교를 포기하지 않았다. 졸업을 앞두고 스스로 중학교에 갈 학비를 모으기 시작했다. 지게를 만들어 갈비(불쏘시개로 쓰던 솔가지)를 긁어서 내다 팔아 암탉을 사서 키웠다. 암탉을 키워 돈을 모으면 일 년 뒤에는 중학교를 갈 수 있을 것 같았다. 그러나 전쟁의 악몽은 이때도 그냥 넘어가지 않았다. 전쟁과 함께 닭 전염병이 덮쳐 백 마리가 넘는 크고 작은 닭이 일주일도 못 가서 모조리 죽었다. "온 식구가 엉엉 울"(《열여섯 살의 겨울》, 《밭 한 뙈기》, 아리랑나라, 133쪽) 만큼 억울했지만, 권정생은 절망하지 않고 객지생활을 시작한다. 그러나 그는 객지생활 끝에 평생 안고 갈 병을 얻었다. 열아홉 살에 결핵을 앓기 시작한 것이 늑막염, 폐결핵, 부고환결핵으로 이어졌고 끝내는 콩팥과 방광을 들어내는 수술을 하여 서른 나이부터 바깥으로 소변주머니를 달고 살았다. 권정생은 결국 전쟁 때문에 중학교 진학의 꿈도, 건강도 잃게 된 것이다.

《초가집이 있던 마을》에서 복식이도 권정생처럼 1등으로 국민학교를 졸업하지만 중학교에 가질 못했다. 피난을 가지 못해 마을에 남았던 복식이네는 아버지가 인민군을 따라 월북을 했다. 아버지도 안 계신데, 복식이가 중학교에 가자면 식구들이 먹고 살아갈 논을 팔아야 하는 형편이었다. 복식이는 단념했다. 전쟁이 일어나지 않고, 그래서 아버지가 집을 떠나지 않았다면 복식이는 중학교를 포기하지 않았을 것이고 안타깝게 죽지도 않았을 것이다. 어른이 되어 국군 징집영장이 나오자 복식이는 인민군이 되어 있을 아버지와 총부리를 맞댈 수 없어 스스로 죽음을 선택했다. 복식이는 전쟁이, 더구나 아버지와 아들이 총부리를 겨누는 이 싸움이 얼마나 처참하고 사람답지 못한 것인지 절규하며 농약을 마셨다.

이 동화에서 4학년이었던 유준이와 복식이가 왜 전쟁이 일어났는지 의문을 갖고 성장하는 과정은 그 나이 무렵 전쟁을 겪었던 바로 권정생 자신의 물음이었다. "공산주의, 자본주의가 대체 무엇이기에 사람의 목숨을 마음대로 앗아 가는지"(머리말, 《초가집이 있던 마을》) 유준과 복식, 그리고 어린 권정생은 궁금했다. 권정생은 자신이 겪고 궁금해 했던 6. 25를 《초가집이 있던 마을》에 담아 내며 "과연 육이오 전쟁은 왜 일어났는지 다 함께 생각해"(같은 곳) 보길 바란다고 했다.

피난길

문학기행을 준비하면서 가장 먼저 금동이, 유준이네가 떠났던 피난길을 따라가 보고 싶었다. 금동이, 유준이네는 '탑마을'에서 '운산'을 지나 '이리골 고개(삼밭골)'를 넘어 '의성'을 거쳐 남으로 남으로 걸어서 '우보', '영천'에서 '대구'까지 갔다.

'이리골 고개'는 《한티재 하늘》에서 수동댁이 주막을 했던 바로 그 고개이기도 하다. 딸 정원이가 이석, 이순, 이금이 삼남매를 데리고 친정어머니 수동댁을 찾아왔을 때 수동댁이 먹고 살 길을 찾아 주막을 차린 곳이 바로 이리골 고개(이릿재)였다. 이리골 고개는 삼밭골 골짜기 중의 하나로 탑마을이나 송마골에서 이 고개를 넘어 남쪽으로 쭉 가면 대구다. 송마골에 사는 종갑이와 탑마을 금동이는 이리골 고개를 향해 걸어가다 만나 함께 피난길에 오르게 된다. 이들이 '이리골 고개'를 넘어 '의성'을 지나 '우보'에 도달하기까지 나흘이 걸렸다. 이리골 고개를 넘을 때만 해도 아이들은 조금도 고달프지 않았고 소풍이라도 가듯 콧노래를 부르며 재잘댔다. 그러나 의성 지방을 지나자 소풍처럼 즐겁던 피난길은 본색을 드러냈다. 기차역 주변이나 물가에서 쉬며 잠시 잠이 들었다가도 총을 멘 헌병들이 "후퇴"를 외치면 다시 짐을 챙겨 걸어야 했다.

권정생도 그랬다. 피난길에서 영천 가까이에 있는 화산이란 시골정거장 건너 강변에 천막을 쳐 놓고 자고 있는데 전쟁이 들이닥쳤다. 그는 홑이불 천막만 홀랑 걷어서 밤새 산길을 걸었다. 다음 날 해가 솟자 지난 밤 강변에다 천막을 쳤던 버팀목은 두고 천막만 걷어 온 걸 알게 되었다. 버팀목이래야 2미터쯤 되는 나무 막대기에 불과했지만 여름 뙤약볕을 피하려면 가장 요긴한 재산이었던 것이다. 권정생은 그걸 찾으러 십리 길을 다시 되돌아갔다.

그때, 나이 열세 살이었던 나는 겁도 없이 강변에 두고 온 버팀목을 가지러 간 것이다. 잠깐이면 닿을 것 같던 것이 십리 길이나 되는 길이 무척 멀었다. 조금만 더, 조금만 더, 그러면서 가다 보니 되돌아올 수도 없어서 끝까지 강변까지 간 것이다. 사방을 둘러보니 아무도 없는 텅 빈 강변에 지난 밤 피난민들이 버리고 간 잡동사니들이 흩어져 있었다. 나는 우리가 있던 강바닥에서 기다란 막대기들을 주워 새끼로 꽁꽁 묶었다.

그때였다. 바로 내 양쪽 옆으로 노란 구릿빛 불똥 같은 것이 자갈밭 돌멩이에 탁탁 퉁겨져 스쳐가는 것이었다. 소리도 별로 나지 않아 처음엔 무심코 바라보다가 갑자기 그것이 내 등 뒤편에서 날아오는 총탄인 것을 알게 되었다.

나는 서둘러 묶어 놓은 막대기를 단단히 새끼짐바로 등에 꽉 붙도록 졸라매고는 달리기 시작했다. 달리면서 멀리 북쪽을 바라보니 처음엔 아무도 보이지 않던 강변 여기저기에 조그만 의지할 수 있는 둔덕 밑이라면 수많은 군인들이 엎드려 있었다. 정말 총소리가 나지 않아서였는지, 내가 총소리를 못 들었는지, 그 당시엔 내 귀엔 너무도 조용한 전쟁터였다. 그렇게 조용한 곳에서 구릿빛 빛줄기가 쭉 쭉 날아와 강바닥 자갈밭에 부딪쳐 튀어오르는 것만 눈으로 보았을 뿐이다.

야트막한 바위산을 넘어 골짜기에 들어서자 나는 다리가 떨려 몇번이고 주저앉을 뻔했다. 그런데도 그냥 필사적으로 헐떡헐떡 뛰어가기만 했다. 온 몸에 땀이 비 오듯이 흐르고 아무 생각도 느낌도 없어졌다.

식구들이 기다리는 곳에 왔을 때는 사방이 어두워질 무렵이었다. 그렇게 죽자고 뛰었는데도 걸음이 영 빠르지 못했던 모양이다.

사람이 평생 살아가다 보면 몇 번은 죽을 고비가 닥친다지만, 내가 겪었던 6·25의 그날은 과연 말 그대로 죽을 고비였다.

지금도 그때를 생각하면 온 몸이 오싹해지고 두 다리가 후들 후들 떨려올 만큼 잊을 수 없는 날이었다. (〈구릿빛 총탄이 날아오던 날〉,《한국논단》1992. 6)

권정생은 피난길에서 죽을 고비를 넘기며 본 수많은 죽음의 장면을 《초가집이 있던 마을》에 그대로 담아 냈다. 사람의 발이 신겨진 구두짝, 무덤 밖으로 쑥 나와 있는 손가락, 아카시아 숲 속에 엎드려진 채 버려진 흑인 병사, 반쯤 물에 담겨 뒤로 넘어진 군인, 지뢰를 밟아 형체도 없이 죽은 아이……. 너무도 무참한 죽음이었다.

종갑이 할머니도 그 참혹했던 피난길에 돌아가셨다. 종갑이는 할머니의 시신을 수습하고 할아버지와 둘이 쓸쓸하게 집으로 돌아왔다. 유준이와 금동이네는 대구 금호강 변두리까지 갔다가 더 이상 남쪽으로 가지 않고 있다 집으로 돌아왔다. 돌아올 때는 하루 백리를 넘게 걸어 이틀 사이에 고향의 절반을 걸었고, 나흘 만에 우보, 일주일 만에 의성에 도착한다. 의성에서 조금 가면 삼밭골로 가는 샛길이 나오는데, 금동이 누나 금아의 시댁이 바로 삼밭골이다. 피난길에 결혼한 금아는 남편 정식이 군대에 끌려갔기 때문에 시댁 식구들을 따라 삼밭골로 가지 않고 친정 탑마을로 갔다. 금동이네와 유준이네는 금아네 시댁 식구들과 헤어져 이리골 고개를 넘어 운산장터를 지나 고향마을에 도착했다. 대구까지 갈 때는 3개월이 넘게 걸렸는데 돌아올 때는 하루 백리, 약 40km 되는 길을 걸어 한 달도 안 걸려 돌아왔다. 4개월여에 걸친 피난이 끝났다.

《초가집이 있던 마을》을 읽었을 때, 피난길에서 겪은 고통과 공포가 오랫동안 생생하게 마음에 남아서 이번에 그 길을 따라가 보고 싶었다. 그러나 막상 하루 일정에 탑마을에서 대구까지 걷기란 무리이고, 그렇다고 뻥 뚫린 길을 차로 횡하니 달려갔다 오는 것이 무슨 의미가 있을까 싶었다. 그래서 우리는 그 길고 참혹했던 피난길은 마음으로 되새기고, 마을 주변과 학교를 중심으로 둘러보는 일정을 꾸렸다.

운산마을

아침부터 서둘렀지만 안동에 도착했을 때는 1시가 조금 넘었다. 중앙고속도로 남안동 나들목을 나와서 조탑 삼거리에서 왼쪽으로 가면 조탑동이다. 우리는 조탑동으로 바로 가지 않고 914번 지방도로 조금 더 가다 오른쪽으로 길이 나 있는 운산마을로 갔다. 운산은 조탑동과 길 하나를 사이에 두고 있지만 신작로 가에 있어 조탑동보다 크고 번화했다. 지금은 번화하다는 말이 무색하게 조용한 시골마을이지만 그래도 운산역, 일직면사무소, 우체국, 파출소도 있고 안동 시내를 오가는 버스정류장도 여기에 있다. 권정생 선생님이 안동 시내에 오갈 때 버스를 타고 내리던 곳이 이 운산 버스정류장이었을 터다.

먼저 운산역을 갔다. 운산역은 유준이가 국민학교를 졸업하고 돈 벌어 야학에라도 다니겠다고 청운의 꿈을 꾸며 서울로 떠날 때 기차를 탔던 바로 그곳이다. 지금은 열차가 서지 않아 인적이 없고 화물열차만 큰 소리를 내며 지나다니고 있다.

운산역에서 신작로 쪽으로 약 800m거리에 운산장터가 있다. 금동이와 유준이네가 피난길에서 돌아올 때 삼밭골에 사는 금아 시댁식구들과 헤어지고 나서 한나질 조금 지나 도착했던 장터가 여기다. 또 종갑이 할아버지가 삼베 보자기를 들고 나가 팔아서 가엾은 종갑이에게 쌀 석 되와 소금에 절인 간고등어를 사다 준 곳도 이 운산장터다.

종갑이는 금동이한테 이양(언약)떡 하나 얻어먹고 탈이 났다가 겨우 일어났을 때 할머니가 "오늘 운산 장인데, 꽂감 사 줄까?"(38쪽) 했는데 한참을 망설이다가 "고기하고 쌀밥하고 먹고 싶다"고 말해 가슴을 먹먹하게 했었다. 장터로 들어서는데 인적은 없고 바닥에 발라놓은 콘크리트가 뜨거운 햇볕에 열기만 뿜어 내고 있었다. 그래도 시장 방앗간에서 풍겨 나오는 고소한 냄새가 옛 장터임을 알리고 있다.

일직공립국민학교

유준이네 마을에서 2킬로쯤 동쪽으로 넓은 중들이 있다. 중들을 가로질러 북으로 길게 철길이 나 있고, 철둑길 너머엔 신작로가 있다. 먼물동네(원호동)가 이 신작로를 끼고 올망졸망 집들이 모여 있다. 마을 남쪽 끄트머리쯤, 바로 신작로 가에 실버들나무가 교문 양쪽에서 있다. "일직공립국민학교"라는 판자쪽 간판이 오른쪽 교문 기둥에 걸려 있다. 교문을 들어가면서 왼쪽에 얼마 전 만들어 놓은 무궁화동산이 곱게 다듬어져 있고, 동산 앞에 천하대장군님이 우뚝 버티고 섰다. (21쪽)

이어서 우리는 일직초등학교에 도착했다. 학교와 탑마을 사이에는 중앙선 철길이 남북으로 나있고 학교는 동쪽, 탑마을은 서쪽에 있다. 학교에서 탑마을을 가려면 철길 아래 굴다리를 지나고 넓은 중들을 지나서 미천(낙동강에서 갈라져 내려온 냇물), 송양천(미천에서 갈라져 마을 앞으로 흐르는 냇물)을 건너야 한다.

금동이와 종갑이는 학교가 파하면 나란히 손을 잡고 보리밭 들길을 지나서 함께 집으로 돌아왔다. 오는 길에 강변에 앉아 물위를 스칠 듯 말 듯 날아가는 물총새도 바라보고 차돌멩이를 물속에 집어 던지기도 하며 놀았다. 그리고 까툴복숭아 나무가 줄지어 있는 송리동 마을 입구에서 종갑이와 금동이는 헤어진다.

유준은 6학년 졸업을 하던 날, 이제 마지막으로 다니는 학교인데도 왠지 아무런 느낌이 없었다. 굴다리 아래를 지나고 중들 강물 돌다리를 건너고 하냇들을 지나도 아무 감정이 들지 않더니만 송리동 들머리에 들어서면서 갑자기 서러워졌다. 마을에 들어서자, 국민학교 졸업만으로 학교 공부를 끝내야 하는 허전한 마음이 북받친 것이다.

금동이와 유준이네가 피난에서 돌아오는 길에 멀리 보이는 학교를 보니 실버들 나무도 교사도 흔적도 없이 사라져 불그레한 잿더미만 남아 있었다. 그때 모두 불타 버렸으니 지금 교문 양쪽에 실버들나무도 없고 판자로 만든 현판도 없다. 물론 무궁화동산과 천하대장군님이 있을 리도 만무하다.

지금 학교는 교문을 대신해 입구 양쪽에는 커다란 플라타너스가 서 있고, 판자로 만든 현판 대신에 오른쪽에 '일직초등학교' 왼쪽에 '일직초등학교 병설유치원'이라고 써 놓은 돌이 땅바닥에 나란히 놓여 있다. 불타 없어진 천하대장군님은 이순신 장군님으로 바뀌어 플라타너스 나무 옆에 우뚝 버티고 있다. 이렇게 모두 바뀌었지만《초가집이 있던 마을》주인공 아이들의 추억과 눈물이 서려 있는 일직초등학교를 우리는 천천히 둘러보았다.

일직교 - 종갑이와 할아버지

전쟁으로 학교가 다 파괴되어 아이들은 곳곳에 흩어져 공부를 했다. 먼물동(원호동) 학교로, 망호동 양지마을과 음지마을의 서당과 교회당으로 아이들은 먼 길을 다녔다. 망호동 마을은 일직초등학교에서 5번 국도로 가다 일직교를 지나 79번 지방도로 가는 길을 끼고 있다. 《한티재 하늘》에서 신작로 공사를 하는 장면이 많이 나오는데 그때 만든 길이 바로 5번 국도다. 양지마을을 가 보려고 길을 나섰는데 결국은 그 마을에 내리지 않고 79번 지방도로 쭉 가서 고운사까지 갔다. 고운사는 권정생 선생님이 가끔 갔던 곳으로, 이곳을 참 좋아하셨다는 이야기를 들은 적이 있어 일정에는 없지만 들러 보기로 한 것이다.

사실 망호동 양지마을을 가 보려 했던 건 그 마을로 가는 길에 있는 다리, 일직교 때문이었다. 일직교는 운산마을 입구 지서(현재, 일직 치안센터)가 있는 신작로에서 200m쯤 거리에 있는데 전쟁 때 파괴되었다. 미군 병사들이 부서진 다리 복구 작업을 했는데, 망호동 임시학교를 오가던 아이들은 항상 위태로웠다. 12월 초순 어느 토요일 오후 종갑이가 바로 그 다리 복구 공사장에서 미군 트럭에 치여 죽었다. 종갑이는 망호동 임시학교를 다니지 않았지만 미군에게 껌 한 통 얻어 할아버지에게 갖다 드리고 싶은 마음에 공사장에 갔다가 죽은 것이다. 종갑이 할아버지는 이 소식을 듣고 짚신을 끌어다 신으며 어지러워 넘어지려는 것을 간신히 버티며 정신없이 뛰었다. 송마골 집에서부터 방천둑을 지나 앞냇물 돌다리를 건너고 수재골 비탈길을 뛰었다. 신작로 자갈밭 길 돌고개를 넘어 지서를 지나서 다리 공사장까지 왔다. 지금 길로 봐도 2km는 족히 넘을 거리인데 할아버지는 달렸다. 숨이 차다 못해 콱 막혀 버리면 목구멍을 키운 다음 다시 달렸다. 왼쪽 짚신이 벗겨져 딩굴고 오른쪽 짚신이 벗겨져 달아나도록 달렸다. 운산마을 지나 5번 국도에 있는 일직교를 우리는 차로 단숨에 지나고 말았지만, 종갑이와 할아버지를 생각할 때마다 눈시울이 시큰해진다.

빌뱅이 언덕 작은 집과 조산정

어느덧 짧은 하루 일정으로 돌아본 《초가집이 있던 마을》 기행을 마무리할 때가 되었다. 마지막으로 빌뱅이 언덕에 있는 권정생 선생님 집과 조산정에 갔다. 조탑동 마을 어귀에 있는 조산정은 선생님이 가끔 올라 쉬었던 곳이라 한다. 조산정에는 커다란 느티나무가 두 그루 있는데 한 그루가 죽어 가고 있어서 안타까웠다. 그곳에서 내려다보니 중앙고속도로에 자동차들이 흡사 폭격기같이 질주한다. 권정생은 승용차를 버리면 파병 안 해도 되고 전쟁도 막을 수 있다 하였다. 뻥 뚫린 찻길은 동네 사람들보다 외지 사람을 위한 거란 말이 정말 실감났다. 차가 너무 많이 시끄럽게 달렸다. 이곳에서 그는 차가 10분에 100대도 넘게 더 지나가는 걸 헤아렸으리라.

서울 사람이 우리 집까지 오는데 빠르면 1시간 반밖에 안 걸린다니 이건 절대 좋아할 일이 아니다.

옛날 어릴 때 동경 폭격이 한창일 때 폭격 소리에 밤에 잠이 들면 밤새도록 긴긴 터널을 빠져나가기 위해 달리고 달리던 꿈을 꿨단다. 꿈에서 깨어나면 온몸에 땀이 흠뻑 젖을 만큼 열에 시달렸다. 눈금이 그어진 병에 담긴 해열제 약을 마시던 일이 엊그제 같다.

그런데 작년 이라크 전쟁이 시작되면서 밤이면 맥박이 심하게 뛴다. 숨이 차서 소스라쳐 일어나 맥박을 재어보면 120번이 넘는다. 몇 시간 동안 앉아서 안정을 하고 나면 낮에는 꼼짝없이 누워 있어야 한다.

결핵을 앓으면서 맥박수가 빨라진 건 오래지만 밤이면 왜 이토록 심해지는지 모르겠다.

누가 승용차를 타고 우리 집까지 오는 소리가 나면 흡사 폭격기가 와서 쾅! 하고 부딪는 듯한 착각을 하기도 한다. 우리 집 건너편 고속도로로 지나다니는 자동차를 세어 보면 10분 동안 백 대가 넘을 때도 있다. 저 많은 자동차 때문에 중동 전쟁이 끊이지 않는다.

20년 전 빌뱅이 이 집으로 이사 와서 4년 동안 전깃불이 없어 호롱불 켜고 살았는데 그것 때문에 답답하다는 생각은 못했다. 오히려 밤에 별빛과 달빛이 더 밝아 좋았는데, 지금은 밤하늘 별빛도 많이 흐려져 버렸다.

세상엔 하늘에 별이 있고 달이 뜨고 봄에 꽃 피고 새 울고 여름엔 숲이 우거지고 단풍잎이 예쁜 마을이 있고 이것만 해도 살아가는 기쁨이 있는데 제발 모두 욕심 그만 부렸으면 좋겠다.

이따금 눈물을 흘리는 건 괜찮지만 남에게 피눈물 흘리게 해 가면서 살아서는 안 되지 않니.

조금 적게 먹고 조금 춥게, 그리고 조금은 외롭게 살아야만 세상은 깨끗해진다고 본다. (《민들레교회 이야기》 557호, 2004년 3월 28일)

결핵으로 시작하여 평생 병마에 시달린 권정생은 서른 살이 채 되기도 전에 앞으로 살날이 몇 달이 될지 몇 년이 될지 알 수 없다는 말을 들었다. 그러나 그는 일흔을 넘겨 2007년 5월 17일 우리 곁을 떠났다. 사람들은 결핵에는 고기를 아주 잘 먹어야 낫는다고 했다. 그러나 권정생은 오히려 "조금 적게 먹고 조금 춥게, 그리고 조금은 외롭게" 살아서 그만큼 살 수 있었던 것 같다. 그는 보리밥에 산나물을 먹거나 "쑥을 뜯어 와서 손수 밀가루를 반죽해서 쑥나물 부침개를 구워"(《살구꽃 봉오리를 보니 눈물이 납니다》, 한길사, 2003, 22쪽) 먹었다. 고기를 살 돈이 없기도 했지만, 나중에 인세를 받아 통장에 돈이 넉넉히 모여 있어도 스스로 가난하게 사는 것을 택했다.

　객지에서 권정생이 결핵을 앓고 있는 것을 알고 어머니는 아들을 집으로 데리고 왔다. 그리고 "산과 들로 나가 약초를 캐오고 메뚜기, 뱀, 개구리를 잡아"(《오물덩이처럼 딩굴면서》, 종로서적, 1986, 213쪽) 먹였다. 권정생은 수기 〈오물덩이처럼 딩굴면서〉에서 "벌레 한 마리도 죽이는 것을 못마땅하게 여기고 생명을 소중히 여기던 어머니지만 자식을 위해 그 많은 개구리를 잡아 껍질을 벗겼다"(같은 쪽)고 했다. 비싼 약과 고기를 사 줄 형편이 못되니 아들 병을 고치기 위해 어머니는 들로 산으로 몸소 나섰고 권정생은 그런 어머니를 무척 가여워했다. 그렇게 어머니의 정성으로 그의 병세는 호전되었다. 그러나 어머니가 돌아가신 다음 집을 나와 거지로 굶주리며 3개월을 사는 동안 병세는 다시 악화되었다. 몇 차례의 수술 끝에 겨우 목숨을 건졌지만 그에게 돌아온 말은 얼마 살지 못하리라는 사형선고뿐이었다. 그럴 때, 죽기 전에 하고 싶은 것이나 해보자고 쓴 동화가 바로 〈강아지똥〉이었다.

　예배당 문간방에서 시작하여 빌뱅이 언덕 작은 집으로 터전을 옮겨 40년 가까이 그는 가난하고 외롭게 살았다. 생쥐와 개구리는 그의 말동무가 되어 준 고마운 동무였다. 그리고 그가 가장 좋아했던 5월에 핀 수수꽃다리, 하늘의 별과 달……. 또 글 속에 자주 등장하는 마을 할머니들도 동무였다. 권정생은 평생 병마의 고통 속에 살면서 많은 글을 남겼다. 하루에 원고지 한 장도 쓰지 못하게 아프면 며칠 동안 끙끙 앓다가 겨우 한두 장 쓰기도 했다. 그런 고통 속에서 글을 쓸 때 어쩌면 외로움마저도 동무가 되었을 것 같다.

몸이 나빠져 기운이 떨어지면 혼자 끼니를 잇기 어려울 때가 많았다. 그럴 때면 지인들이나 마을 할머니들이 그가 좋아하는 닭백숙을 끓여 영양을 보충해 주었다. 산으로 들로 나서서 구해 왔던 어머니의 음식처럼 권정생은 닭백숙을 마음으로도 먹고 몸으로도 먹었을 것이다. 평생 가난하고 소박한 밥상으로 살았던 권정생이 가장 기름진 풍요를 누렸던 것이 어쩌면 닭백숙이 아니었을까.

《초가집이 있던 마을》이 작가의 어린 시절을 잘 담은 작품이다 보니, 이번 기행에서 우리는 어린 권정생을 만나고 온 듯한 마음이었다. 권정생과 친구들이 함께 걸었을 마을길, 학교 길을 실제로 가 보니 책으로만은 만날 수 없는 현장감이 느껴졌고, 사람들과 마음을 나누며 다니는 길에는 권정생과 똘배, 그리고 최해숙 선생님을 이어 주는 또 다른 감동이 있어 참 좋았다. 9월 말일에 가까운 날이었는데도 무척 더웠던 기억이 생생하다. 똘배들은 해 저무는 저녁 권정생 집 마당 평상에 앉아 짧지만 긴 여운을 남긴 문학기행을 조용히 마무리했다.

똘배어린이문학회의 발자취

지난 6년 동안 똘배어린이문학회가 걸어온 길을 정리하여 싣습니다. 우리 활동이 권정생 동화와 우리 창작동화를 읽는 모임에 조그마한 보탬이 되길 바랍니다.

첫걸음을 떼다

'똘배어린이문학회'는 우리 어린이문학을 공부하는 모임입니다. '똘배'는 권정생 동화 〈똘배가 보고 온 달나라〉(《똘배가 보고 온 달나라》, 권정생 외 4인, 창비, 1977)에서 가지고 온 이름입니다.

2005년 7월, 동화를 읽고 글쓰기를 좋아하는 세 사람이 모였습니다. 어린이도서연구회에서 활동하던 세 사람이 자신의 삶 속에 동화를 한 켜 한 켜 더 촘촘히 밀어 넣고 싶은 욕심을 가지고 모인 것입니다. 씨앗이 나무가 되어 잎이 풍성해지고 숲이 울창해지는 것처럼 우리의 활동이 좋은 사회를 위한 작은 씨앗이 될 수 있다는 믿음을 가지고 첫발을 내딛었습니다.

"여기가 바로 똘배네라오. 이렇게 서툴러서 언제 달나라 가 보겠나. 서로서로 별님이 되어 보자구요."

똘배가 첫 모임 후에 남긴 서기록입니다.

씨앗은 처음에는 아주 단단합니다. 단단하던 것이 풀어져야 새싹이 터져 나올 수 있는 것이지요. 우리도 처음에는 아주 단단하기만 했습니다. 이때 모임 글을 보면 참으로 비장합니다. '왜 동화인가?' '권정생 동화에 대한 확신' '새로운 우리만의 서평' 등 어깨에 힘 꽉 들어간 이야기를 나누고 있었습니다.

2006년, 회원이 네 명이 되면서 '똘배어린이문학회'는 공식 출범합니다. 그리고 2009년에는 다섯 명이 되었습니다. 똘배어린이문학회는 어린이 문학을 즐겁게 읽고 그것이 우리 사회에서 올바른 자리에 놓이게 하자고 다짐했습니다. 그러기 위해 회원들은 동화를 읽고 쓴 글들을 다양한 지면에 발표하고 온라인에 카페를 만들어 사람들과도 소통하자고 했습니다. 그렇게 온라인 카페 '똘배어린이문학회'(http://cafe.daum.net/dolbae3)를 열었습니다.

이렇게 몇 가지 원칙과 할 일을 정하고 회칙도 만들었지만 5년 동안 그것을 들춰 보거나 따져 볼 일이 없었습니다. 이 글을 쓰면서 모임 기록을 읽어 보니 다행히 자연스럽게 물 흐르듯 잘 가고 있는 것 같습니다.

그동안 회원들의 몸과 마음이 늘 초심일 수는 없었습니다. 몸이 아프기도 하고 부모님이 돌아가시기도 하고 직장 때문에 서울을 떠나기도 했습니다. 동화 읽기가 싫어질 때도 있고, 억지로 쓴 글을 회원들 앞에서 읽다가 부끄러워질 때도 있고, 다른 회원의 호흡이 자신의 호흡보다 너무 빨라서 도망가고 싶을 때도 있었습니다. 그래도 다행인 것은 다섯 명이 다 같이 지치거나 다 같이 앞서지 않고 네가 앞서면 내가 처지고 네가 처지면 내가 앞서면서 뒤처진 사람을 기다려 주었다는 것입니다. 그래서 우리가 여기까지 왔습니다.

모임을 시작하면서 '나는 왜 동화를 읽는가?' 그리고 '나는 왜 똘배어린이문학회와 만났는가?'를 물었고 우리는 지금도 그 답을 찾아 가고 있습니다.

우리는 왜 동화를 좋아할까요? 그것은 동심에 대한 그리움이고 사람의 자연스러움을 잃지 않으려는 노력이라고 생각합니다. 우리는 동화를 읽으면서 문학의 즐거움에 빠져 놉니다. 동화의 단순함은 우리 삶을 분명하게 비춰 주고, 쉽게 읽히는 동화가 오히려 숨겨 놓았던 어려운 이야기를 솔직하고 편하게 꺼내어 줍니다. 그래서 동화를 읽고 싶고 좋은 동화를 만나면 알리고 싶습니다.

우리는 일주일에 한 번 만나는데 한 달에 세 번은 신간을 읽고 한 번은 권정생 동화를 읽습니다. 그리고 그림책 한 권을 함께 읽으면서 모임을 마무리합니다. 읽은 동화에 대한 느낌 글을 써 오고 좋은 글은 더 다듬어서 바깥으로 내보내기도 합니다.

한 해 한 해 지나면서

2006년에는 권정생 칠순을 기념하여 '똘배'라는 이름에 걸맞은 무언가를 해야겠다는 생각을 했습니다. 우리는 권정생 동화를 읽고 글쓰기에 몰두했습니다. '권정생 동화 읽고 글쓰기'는 이때부터 시작해서 오늘에 이르게 되었습니다. 그러면서 2005년과 2006년에 새로 나온 동화들도 함께 읽었는데 그중에서 회원들이 좋아하고 많은 얘기를 나눴던 동화가 안미란의 《너만의 냄새》(사계절, 2005)와 김남중의 《자존심》(창비, 2006)입니다. 《너만의 냄새》는 소설 같은 세련된 문체와 내용을 어떻게 볼까 고민하게 해주었고 《자존심》은 동물과 인간과의 관계를 동화에서는 볼 수 없었던 사고의 전환을 가지고 새롭게 조명한 작가의 시각이 반가웠습니다.

2007년은 권정생의 죽음으로 기억되는 해입니다. 권정생 동화에서 죽음은 슬프고 아름다운 '삶'이었습니다. 슬픔은 너무나도 컸지만 권정생의 죽음은 그의 동화 속에서 삶으로 계속 이어집니다. 우리는 권정생 동화 공부를 하면서 모임의 초심을 다잡았습니다. 한편 그해 하반기에 집중해서 읽은 신작 동화는 김리리의 저학년 동화들인데 어린 아이들의 귀여운 모습이 생생하고 발랄해서 좋았습니다.

그런가 하면 2008년은 똘배가 기운을 좀 잃은 해입니다. 회원 한 명이 암 투병을 시작했습니다. 함께 힘겨운 시간을 보내면서도 김기정 동화 속 여기저기를 박뛰엄이처럼(《박뛰엄이 노는 법》, 계수나무, 2007) 돌아다니면서 김기정이 펼쳐 놓은 놀이판을 구경한 것이 기억에 남습니다. 우리가 동화를 놀이로 읽는 것과 딱 만나는 작품이어서 처진 어깨를 들썩거리게 해주었습니다.

2009년 2월에는 식구가 한 명 늘어 회원은 다섯 명이 되었습니다. 새 물은 기운을 줍니다. 무엇보다 모임 기록이 충실해졌고 쌓인 기록이 주는 뿌듯함으로 모임을 더욱 열심히 했습니다. 부족하지만 다섯 명 똘배가 마음을 모아 권정생 2주기 추모제를 준비했습니다. 7월 7일에는 우리 아이들이 그렇게 좋아했던 《머피와 두칠이》(지식산업사, 1996)와 《수일이와 수일이》(우리교육, 2001)를 쓴 김우경이 하늘의 별이 되었습니다. 섭섭하고 아쉬워서 김우경의 모든 동화를 다시 읽었습니다. 자연과 인간 그리고 인간과 인간 속에서 존중되어야 할 개체의 중요성을 생각하게 하는 이야기들 속에서 아이들을 사랑하고 걱정하는 작가의 마음을 느꼈고 정갈하고 편안한 문장을 읽으면서 그가 성실한 사람이란 것을 새삼 느꼈습니다.

2010년 봄, 회원 한 명이 아이들과 직접 만날 수 있는 대안학교 선생님으로 떠났습니다. 아쉬움 속에서도 남은 네 명의 회원들은 권정생 동화와 그림책을 읽고 쓴 느낌 글을 계간《어린이문학》의 '어린이책 이야기' 꼭지와 '그림책과 나' 꼭지에 지속적으로 발표했습니다. 더분에 모임은 좀 더 규칙적인 틀을 마련했고 회원들은 자신의 글이 완성도를 갖출 수 있도록 애썼습니다. 좋은 평을 받고 있는 청소년 소설을 찾아서 틈틈이 읽었고, 어린아이들과 만나는 것이 좋아서 저학년 동화도 꾸준히 찾아 읽었습니다.

2011년은 똘배어린이문학회가 다섯 살이 되는 해였습니다. 5년 동안 정리한 '모임 이야기'와 회원들이 쓴 글들을 모두 모아 보니 세월이 보이고 사람이 보입니다. 이렇게 온 것이 대견하기도 하고 좀 더 달리지 못한 것이 아쉽기도 합니다. 특히 권정생 동화에 있어서는 똘배들이 익은 정도가 각자 다르고 색과 맛도 다르다는 것이 눈에 띄었습니다. '다름'은 당연하고 바람직합니다. 다르니까 지루하거나 지치지 않을 수 있습니다. 그런데 아차 싶은 것은 신입회원을 위한 권정생 동화 공부가 부족했다는 점입니다. 권정생 동화의 바탕에 깔려 있는 주제의식이나 철학을 함께 공부할 필요를 느껴 2010년 하반기와 2011년에는 권정생 단편 동화집과 장편 동화를 다시 꼼꼼히 읽었습니다. 틀렸다고 더 따지고 맞았다고 더 우기지만 두 번 읽은 사람이 세 번 읽은 사람의 말을 듣고 고개를 끄덕끄덕하면서 서로에게 배워 나갑니다.

우리는 해마다 여름 연수와 겨울 연수를 하면서 지난 학기를 돌아보고 다음 학기 계획을 세우며 모임의 흐름을 잡습니다. 옆으로 흘러가기도 하고 흐르다 고이기도 합니다. 막연하게 들리는 소문을 따라서 다음에 읽을 동화를 정하고는 재미없다고 투덜거리며 글을 안 써오는 날도 있고 누가 결석을 하면 빈자리가 허전해서 수다만 떨고 가는 날도 있습니다. 그러다가 요즘 아이들의 감각을 제대로 표현해 주는 젊은 작가의 동화를 만나면 아줌마 걸음으로도 이 아이들을 막따라갈 수 있을 것 같아서 부지런해집니다. 또 유은실, 김남중, 이현등 각자 좋아하는 작가의 새로운 동화가 나오면 반가운 친구가 온 것처럼 설렙니다. 그리고 슬며시 찾아와서 밥 사주고 등 두드려 주는 선배들이 있어서 행복했습니다. 오프라인에서는 권정생 추모제와 글쓰기를 통해, 온라인에서는 카페를 통해 똘배는 세상과 만나는 통로를열고 있습니다.

권정생 추모제

똘배어린이문학회는 우리 동화를 읽는 모임이고 권정생 동화는 우리를 우리 동화에 집중하게 만들어 준 버팀목입니다. 똘배들은 성격도 취향도 사는 모습도 다릅니다. 하지만 다른 속에서 하나로 통하는것이 있습니다. 종교, 어린이, 자연, 가난한 삶, 통일, 전쟁 등 그 어떤이야기를 하더라도 바닥에 깔린 것은 권정생 동화에서 얻은 생각과힘입니다. 함께 동화를 읽고 글을 쓰면서 얻은 힘입니다.

2009년 권정생의 2주기를 맞으며 5월 13일에 권정생 추모제를 처음으로 준비했습니다. 어떻게 할까 궁리하다 글쓰기로 권정생 선생님을 추모하는 자리를 마련했습니다. 그 자리에 선생님을 사랑하고 똘배를 아껴 주는 사람들이 찾아와 주었습니다. 간단히 상을 차려 선생님을 기리고 '권정생 선생님이 살아온 길'이란 영상물을 상영하였습니다. 똘배들과 추모제에 참석한 사람들은 권정생 선생님과 만난 이야기 또는 권정생 책과 만난 이야기를 써 와서 둥글게 모여 앉아 자신의 글을 읽었습니다. 진지하고 감동적인 시간이었습니다. 참석한 사람들의 글은 너무나 정성스럽고 귀했습니다.

3주기 추모제는 2010년 5월 13일에 하였습니다. 3주기 추모제의 주제는 '죽음'이었습니다. 어렵고 무거운 주제였는데도 함께한 손님들은 죽음을 자신의 삶 속으로 녹인 글을 써 와 주었습니다. 똘배어린이문학회에서는 함께 찾아가 본 도쿄 시부야 혼마치 골목이랑 권정생이 잠시 다녔던 혼마치 소학교의 모습을 담은 영상물을 만들어 상영하였습니다. 《슬픈 나막신》(우리교육, 2002)에서 준이와 아이들이 신주쿠 백화점을 찾아가다 길을 잃었던 그 길을 따라가는 우리들의 뒷모습에 많은 이야기가 묻어 있습니다.

4주기 추모제는 2011년 5월 13일에 하였습니다. 지난번 추모제보다 손님이 두 배로 늘었습니다. 이게 얼마 만이냐며 서로 손을 잡고 등을 두드리는 반가운 만남만으로도 추모제는 귀한 시간이었습니다. 영상으로 '권정생 책 이야기'를 만들어 함께 보았습니다. 권정생의 책들을 모아 놓은 영상을 보니 권정생 선생님이 걸어온 길이 보였습니다. 4주기 추모제의 주제는 '권정생 동화 속에서 가장 기억에 남는 인물'이었습니다. 권정생 동화를 처음 읽을 때는 슬픈 역사, 전쟁, 종교 얘기를 하느라 버거웠는데 자꾸 읽다 보니 '사람'이 보였고 사람을 이야기하자니 더 많은 이야기가 쏟아져 나왔습니다. 손님들의 글도 자유롭고 풍성했습니다. 동화 속 인물인 공 아저씨, 팥죽 할머니, 해룡이, 두민이, 새달이와 미달이 등이 와서 자리를 풍성하게 채워 준 추모제였습니다.

우리는 권정생 추모제를 중심으로 그해의 권정생 동화 읽기 계획을 짭니다. 해마다 5월에 맞춰 일 년 동안 읽은 권정생 동화를 정리하고 손님들의 글과 함께 자료집을 준비합니다. 작은 행사지만 적은 회원이 준비하다 보니 부족한 것이 많은데도 좋은 시간이었다고 칭찬받을 수 있는 것은 글을 준비해 오는 손님들이 있기 때문입니다. 앞으로도 우리는 이 소박한 권정생 추모제를 계속하려고 합니다.

지금 우리는

똘배어린이문학회는 일 년에 두 번 연수를 합니다. 우리가 연수를 갈 때면 가족들조차 우리가 놀이를 간다고 생각합니다. 물론 1박 2일로 갈 때, 뒷날은 산천 구경을 합니다. 하지만 하루는 정말 열심히 지난 학기를 돌아보고 다음 학기를 계획합니다. 전문가도 아니고 밥벌이도 아닌데 그렇다고 취미라고 하기에는 무척 고단한 일입니다. 그래도 해야 하는 까닭이 있습니다. 이제는 똘배들을 만나서 하는 속풀이 수다에 중독이 되었고 똘배 일이라고 하면서 부엌에서 도망칠 수 있는 자유에 맛이 들렸으며 글로써 나를 표현하는 즐거움에 빠졌기 때문입니다.

우리처럼 전문가가 아니라도 동화를 읽고 글을 쓰면서 행복한 어른들이 많으시면 좋겠습니다. 권정생 동화를 아이들에게 읽어 주는 엄마가 많았으면 좋겠습니다. 권정생의 대표작 몇 편에 그치고 있는 전문 비평가들의 글도 더 다양해져야 합니다.

선물상자에 멋지게 담기는 비싼 배보다 단단한 껍질 속에 모아 놓았던 한 모금의 단물로 누군가의 마른입을 적셔 주는 똘배가 더 귀하다고 생각합니다. 우리는 '똘배어린이문학회'가 어린이문학 발전에 기여하리란 믿음을 갖고 있습니다. 이 믿음으로 앞으로도 계속 동화를 읽고 글쓰기를 할 것입니다. (윤경희 정리)

권정생 책 목록

권정생이 남긴 많은 책들 가운데, 현재 절판되지 않고 판매되는 책들을 한 자리
에 모아 소개합니다. 아직 권정생을 잘 모르는 분들, 그리고 몇 권의 책으로만
권정생을 알았던 분들에게 도움이 되기를 바랍니다.

단편 모음집

1.《사과나무 밭 달님》
창비, 1978 초판 | 1988 개정1판 | 2006 개정2판

《강아지똥》(세종문화사, 1974, 절판) 다음에 나온 권정생의 두
번째 동화집. 슬프고 외롭지만 간절한 소망을 품은 권정생 시
대 '사람'들의 절절한 사연을 만날 수 있다. 지금의 우리에게도
위로가 되는 12편의 이야기가 참으로 소중하게 느껴진다.

2.《하느님의 눈물》 산하, 1991

1984년에 인간사에서 출판되었다가 절판되고 1991년에 출판
사를 바꾸어 다시 나온 단편 동화집. 우화같이 짧은 이야기들
이지만 사람들도 자연의 모습처럼 남의 것 빼앗지 않고 사이좋
게 살기를 기도하는 권정생의 마음이 보이는 동화들이다.

3.《달맞이산 너머로 날아간 고등어》 햇빛출판사, 1985

표제작을 비롯해 모두 15편의 단편이 수록된 동화집. 아무도
들어 주지 않았던 가엾은 사람들의 이야기를 들려주고 아무도
봐 주지 않았던 들풀과 풀벌레들의 모습도 보여 준다. 주인공
들의 슬픈 엇박자 인생이 아름답고 깨끗한 문장 안에서 가락
을 타는 듯하다.

4.《바닷가 아이들》 창비, 1988 초판 | 1999 개정1판 | 2007 개정2판

권정생은 '북쪽과 남쪽으로 갈린 어른들에 의해 어린이들의 색
깔마저 마구잡이로 칠해져서는 안 된다'고 했다. 반공 동화에
반대하여 쓴 동화들로 전쟁과 분단의 상처에 아파했던 우리가
진정으로 가야 할 통일의 길을 보여 준다.

5. 《짱구네 고추밭 소동》

웅진, 1991 초판 | 2002 개정판

《벙어리 동찬이》(웅진출판, 1985, 절판)에 있던 24편 중에서
17편을 다시 묶은 책. 옳은 것을 위해 싸우는 작은 것들의
용기와 가난하지만 착한 아이들의 마음이 힘든 세상을 살아
갈 수 있는 힘을 준다.

6. 《깜둥바가지 아줌마》 우리교육, 1998

《강아지똥》(세종문화사, 1974, 절판)에서 8편의 동화를 뽑고
〈할매하고 손잡고〉와 〈쌀도둑〉을 더해 펴낸 동화집. 전쟁과
분단의 상처, 보잘 것 없는 것들의 쓰임, 죽음과 종교를 밑바
탕으로 한 짧은 이야기들 속에 권정생의 큰 생각을 담았다.

7. 《먹구렁이 기차》 우리교육, 1999

《강아지똥》(세종문화사, 1974, 절판)과 《할매하고 손잡고》(올
바름, 1990, 절판)에서 단편을 골라 펴낸 동화집. 《깜둥바가지
아줌마》는 고학년을 위해, 이 책은 저학년을 위해 펴냈다. 특
히 권정생은 이 책에 실린 〈강아지똥〉을 정본으로 삼아 주
길 바란다고 했다.

8. 《아기 소나무와 권정생 동화나라》 웅진, 1999

〈소낙비〉〈아기 소나무〉〈두꺼비〉〈금희와 아기물총새〉 등 4
편의 동화를 저학년이 읽기 좋은 모양으로 묶었다. 자연, 하
느님, 엄마의 사랑이 느껴지는 짧은 이야기들이다.

9.《또야 너구리가 기운 바지를 입었어요》 우리교육, 2000

'또야'는 2000년에 태어난 권정생 할아버지의 손주 같은 주인 공이다. 아이들의 미래를 고민한 흔적이 보이는 작품으로, 어 떻게 하면 힘든 세상을 잘 살아갈 수 있을지, 소중한 자연을 어떻게 지켜야 할지를 6편의 동화를 통해 이야기해 준다.

10.《비나리 달이네 집》 낮은산, 2001

농부가 된 정호경 신부님과 다리 하나를 잃고 절뚝거리는 개 '달이'의 이야기. 맑은 눈을 가진 개 달이의 단순한 질문을 통 해 인간이란 어떤 존재인지, 종교적인 삶이란 과연 어떤 것인 지까지 고민하게 한다. 비나리 들판에서 행복해진 달이를 따 라 신부님도 맘껏 뜀박질하는 마지막 장면이 무척 아름답다.

11.《아기 소나무》 산하, 2010

《하느님의 눈물》(산하, 1991)에 실렸던 동화가 유아 및 저학년 이 읽기 좋은 네 권으로 책으로 나뉘어 새로운 형식으로 출간 되었다. 〈하느님의 눈물〉〈아기 소나무〉〈고추짱아〉〈두꺼비〉 〈소낙비〉〈굴뚝새〉〈다람쥐 동산〉 등 인간과 자연의 섭리를 이야기하는 네 편을 함께 묶었다.

12.《학교 놀이》 산하, 2010

《하느님의 눈물》(산하, 1991)에 실렸던 동화 중에서 〈산버들나 무 밑 가재 형제〉〈찔레꽃잎과 무지개〉〈학교놀이〉 등 기쁨과 슬픔을 함께 나누며 의젓하게 성장해 가는 과정을 그린 세 작 품을 묶었다.

13. 《아기 늑대 세 남매》 산하, 2010

《하느님의 눈물》(산하, 1991)에 실렸던 동화 중에서 〈부엉이〉〈아기 늑대 세 남매〉〈수몰지구에서 온 아이〉 등 가난하고 슬픈 시절 이야기지만, 등장인물의 말과 행동이 웃음짓게 한다.

14. 《아름다운 까마귀 나라》 산하, 2010

《하느님의 눈물》(산하, 1991)에 실렸던 동화 중에서 〈아기 산토끼〉〈가엾은 나무〉〈떡반죽 그릇 속의 개구리〉〈아름다운 까마귀 나라〉 네 편을 함께 묶었다. 평화롭고 자유로운 세상을 꿈꾸는, 조금 묵직한 주제의 이야기들이다.

15. 《물렁감》 우리교육, 2011

《또야 너구리가 기운 바지를 입었어요》에 있는 〈물렁감〉〈제비꽃 피는 어느 장날〉〈강 건너 마을 이야기〉를 묶어 아주 어린 아이들도 볼 수 있도록 새롭게 편집한 얇은 책이다.

장편 동화·소설

1. 《몽실 언니》
창비, 1984 초판 | 1990 개정1판 | 2000 개정2판 | 2007 개정3판

TV 드라마, 영화로도 만들어진 권정생의 대표적 장편. 어떤 세상과 맞닥뜨려도 자기중심을 잃지 않고 꿋꿋하게 살아갈 우리들의 영원한 언니 몽실이. 누구나 '사람'으로 안아 주고 품어 주는 그 마음이 몽실 언니가 세상을 사는 힘일 것이다.

2. 《초가집이 있던 마을》
분도출판사, 1985 초판 | 2007 개정판

6.25전쟁의 실상과 이면을 정면으로 그린 장편. 권정생은 이 책을 읽고 6.25전쟁이 왜 일어났는지 생각해 보라고 한다. 공산주의 자본주의가 사람의 목숨을 마음대로 앗아가도 되는지, 그 엄청난 전쟁의 원인이 무엇인지 끊임없이 되물으며 읽게 된다.

3. 《도토리 예배당 종지기 아저씨》
분도출판사, 1985 초판 | 2007 개정판

야무진 생쥐와 허허실실의 종지기 아저씨가 나누는 대화가 주가 되는 독특한 소설. 권정생 특유의 유머와 익살을 엿볼 수 있다. 둘 사이에 오가는 신랄한 독설은 지금 읽어도 시대의 정곡을 콕 찌르는 느낌이다.

4. 《점득이네》 창비, 1990

《몽실 언니》와 같이 한국 현대사를 정면으로 다룬 작품. 일제 강점과 해방 그리고 삼팔선이 그어지고, 전쟁과 분단, 다시 군부독재까지 이어지는 우리 현대사의 비극을 에둘러 말하지 않고 직설적으로 쏟아 낸 소년소설이다.

5. 《팔푼돌이네 삼형제》 현암사, 1991

톳제비(도깨비)들이 들려주는 1987년 이후의 시사만평 같은 이야기. 한반도 곳곳을 누비며 여전히 제정신 못 차리는 사람들의 부조리를 고발한다. 통일에 대한 염원과 희망은 그들의 메시지다.

6. 《하느님이 우리 옆집에 살고 있네요》 산하, 1994

하느님을 욕되게 한다는 독자들의 꾸지람을 들으며 《새가정》 잡지에 연재했던 동화다. 이 작품에서 하느님과 예수님은 공사장 인부나 청소부, 노점상 등으로 일하면서 힘들게 살아간다. 권정생은 "어른들이 이해 못하는 것을 어린이들은 훨씬 바로 깨달으리라" 믿었다.

7. 《한티재 하늘》 1, 2 지식산업사, 1998

1994~95년 〈민들레교회 이야기〉에 연재했던 작품. 건강이 좋지 않아 중간중간에 쉬어가며 만 2년 동안 한 회마다 60~70매의 원고를 썼다. 그의 어머니가 아름다운 사투리로 들려 주신 서럽고 고달팠던 우리네 백성들의 이야기가 소설이 되었다. 아쉽게도 미완의 장편이다.

8. 《밥데기 죽데기》 바오로딸, 1999 초판 | 2004 개정판

2천년대를 맞으며 동화 속에서만이라도 통일을 하고 싶은 마음으로 쓴 작품이다. 그전까지 권정생의 작품 세계가 주로 한국 현대사의 비극을 정면으로 다루었다면, 이 작품에서는 옛이야기의 전통을 이어받은 해학으로 통일 세상을 꿈꾸게 한다.

9. 《슬픈 나막신》 우리교육, 2002

일본에서 지낸 권정생의 어린 시절 이야기가 담겨 있는 작품으로, 1975년에 《꽃님과 아기양들》로 출판되었던 것이 《슬픈 나막신》으로 다시 나왔다. 책을 읽다 보면 일본 도쿄의 혼마치 골목에서 조선 아이들, 일본 아이들이 한데 어울려 노는 소리가 들리는 듯하다.

10. 《랑랑별 때때롱》 보리, 2008

권정생이 쓴 마지막 동화. 마지막일 것을 알고 쓴 것처럼 아이
들에게 보여 주고 싶은 '오래된 미래'의 모습을 상세하게 그렸
다. 과학의 발전이 과연 인류에게 행복만을 가져다줄까? '성장'
과 '발전'만을 생각하는 우리의 욕망에 제동을 걸면서, 자연
속에서 소박하게 제 본성을 지키며 사는 모습을 과연 '원시적'
이라고만 할 것인지를 진지하게 묻고 있다.

글 모음
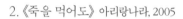

1.《우리들의 하느님》
녹색평론사, 1996 초판 | 2008 개정증보판

신문과 《녹색평론》 등 잡지에 발표한 글을 모아 펴낸 책. 2008
년 권정생 1주기를 맞아 추모글 2편을 더한 개정증보판이 나왔
다.

2.《죽을 먹어도》 아리랑나라, 2005

《녹색평론》《우리 말과 삶을 가꾸는 글쓰기》《어린이문학》《작
은책》 같은 잡지나 신문에 실렸던 글과 권정생이 쓴 책의 '머리
글' 등을 모아 엮은 책이다.

3.《밭 한 뙈기》 아리랑나라, 2008

《죽을 먹어도》에 이어 권정생의 시, 동화, 동극, 산문들을 모아
펴낸 책이다.

시집, 옛이야기, 인물 이야기

1.《어머니 사시는 그 나라에는》지식산업사, 1988, 시집

권정생이 초등학생 때 쓴 시 〈강냉이〉부터 1980년대까지 쓴 시를 모아서 펴낸 시집이다.

2.《삼베치마》문학동네, 2011, 동시집

권정생이 '1964년 1월 10일 묶음'이라고 써서 손수 만들어 둔 책을 그대로 출판한 동시집이다. 열다섯 전후의 어린 권정생을 만날 수 있다.

3.《닷 발 늘어져라》한겨레아이들, 2009, 옛이야기
　《똑똑한 양반》한겨레아이들, 2009, 옛이야기

2003년 한겨레통일문화재단과 출판사 사람들은 남북 작가들이 함께 참여한 어린이책을 만들기로 했다. 그때 권정생은 다섯 편의 이야기를 썼지만 책 출판은 무산되었고 그 중에서 네 편이 추모 2주기에 맞춰 두 권의 책으로 나왔다. "권정생 선생님이 남북 어린이에게 남긴 이야기" 시리즈 제1권《닷 발 늘어져라》, 제2권《똑똑한 양반》이 그것이다.

4.《내가 살던 고향은》 웅진출판, 1996, 인물 이야기

우리 어린이문학의 큰 어른 가운데 하나인 이원수 선생의
삶을 권정생이 아이들을 위해 인물 이야기로 썼다. 〈찔레꽃〉
〈고향의 봄〉〈헌 모자〉〈한 길〉〈여울〉〈겨울나무〉〈아버지〉
〈겨울 물오리〉 같은 시를 곁들여 이원수의 삶과 문학을 이
야기한다.

그림책

1.《강아지똥》 정승각 그림, 길벗어린이, 1996

민들레를 사랑한 강아지똥이 가슴에 별 하나를 심고
죽었다. 그 강아지똥이 민들레의 몸속으로 들어가 별
같은 꽃을 피웠다. 권정생 작품 가운데 가장 많이 판매
되고 널리 알려진 책이다.

2.《오소리네 집 꽃밭》
정승각 그림, 길벗어린이, 1997

바람을 타고 바깥 세상을 보고 온 오소리 아줌마는 갑
자기 남편에게 꽃밭을 만들자고 한다. 오소리 아줌마는
무엇을 보고 온 걸까? 모든 것은 갑자기 불어온 바람 때
문일까?

3. 《황소 아저씨》 정승각 그림, 길벗어린이, 2001

몸집 커다란 황소가 먹고 남긴 찌꺼기를 다섯 마리 생쥐들이 배불리 먹는다. 생쥐들은 황소 몸을 타고 놀다가 황소 겨드랑이에서 잠을 잔다. 황소는 이제 더는 외롭지 않아서 좋다.

4. 《아기 너구리네 봄맞이》
송진헌 그림, 길벗어린이, 2001

깊은 산속에서 너구리네 가족이 겨울잠을 잔다. 봄이 오려면 더 있어야 하는데 그만 아기 너구리가 눈을 떠버렸다. 아기 너구리는 언니 오빠 너구리를 깨워 기어이 밖으로 나가는데……. 송진헌 화가의 촘촘하고 푸근한 연필 그림이 마음을 따뜻하게 해준다.

5. 《훨훨 간다》 김용철 그림, 국민서관, 2003

"훨훨 온다." "성큼성큼 걷는다." "기웃기웃 살핀다." "콕 집어 먹는다." "예끼, 이놈!" "훨훨 간다." 무명 한 필과 맞바꾼 여섯 줄짜리 단순한 이야기가 주는 재미와 뜻밖의 반전이 우리를 즐겁게 한다.

6. 《길 아저씨 손 아저씨》
김용철 그림, 국민서관, 2006

눈이 안 보이는 손 아저씨가 다리 못 쓰는 길 아저씨를
등에 업었다. 둘은 서로 한 몸이 되어 살다가 착한 색시
를 만나 혼인을 한다. 넷이서 꽃수레를 끌고 밀며 혼인
잔치까지 한다.《훨훨 간다》에서도 보여 준 김용철의 편
안하고 해학적인 그림이 마음을 푸근하게 한다.

7. 《곰이와 오푼돌이 아저씨》
이담 그림, 보리, 2007

아홉 살 곰이와 인민군 오푼돌이 아저씨는 30년 전 한
국전쟁 때 죽은 목숨들이다. 치악산 골짜기에 묻힌 두
영혼이 전쟁을 이야기한다. 그때 헤어진 어머니를 그리
워한다. 극도로 사실적인 화면 속에서 환상적인 분위기
를 자아내는 이담의 그림이 전쟁 뒤의 상처가 주는 슬
픔을 더욱 진하게 불러일으킨다.

8. 《꼬부랑 할머니》
한울림어린이, 2008

'꼬부랑'이라는 단어 하나가 다양한 짝을 만나 풍성한
옛날이야기가 되었다. 단순하면서도 익살스런 말과 그
림이 반복되니 엄마랑 아이랑 재미나게 소리 내어 읽을
수 있겠다.

9.《엄마 까투리》김세현 그림, 낮은산, 2008

숲 속에 불이 났다. 깜짝 놀라 푸드덕 날아오르던 엄마 까투리는 이홉 마리 새끼들을 두고 갈 수가 없어 다시 돌아와 새끼들을 품는다. 검은 숯덩이가 된 엄마의 그늘에서 뛰어놀며 점점 의젓하게 자라나는 꿩 병아리들의 모습이 아름다우면서 처연히 슬프다.

10.《용구 삼촌》허구 그림, 산하, 2009

다섯 살 아이의 지능을 지닌 용구 삼촌이 어느 날 소를 데리고 산으로 가 길을 잃는다. 삼촌을 찾아 헤매는 가족들은 불안해 어쩔 줄 모르는데, 이를 모르고 숲에서 잠든 용구 삼촌은 그저 평화롭기만 하다.